ファンタスマゴリアの夜

砂原糖子

幻冬舎ルチル文庫

CONTENTS ✦目次✦

ファンタスマゴリアの夜

✦カバーデザイン＝小菅ひとみ（CoCo.Design）
✦ブックデザイン＝まるか工房

イラスト・梨とりこ ✦

ファンタスマゴリアの夜

――二〇一三年二月

「なぁ、マネキンって金になるんだっけか〜?」

不意に声を上げた白髪の老人に、アスファルトのひび割れを避《よ》けるように路上をカツカツと跳ね歩いていた烏《からす》は、羽音を立てて飛び去った。

冬の寒々しい夜明けの街には、くたびれた空気が漂っている。ネオンサインの明かりは消え、色とりどりのスナックの看板は泥でも被《かぶ》ったかのように色褪《いろあ》せて見えた。

この街は古くからの歓楽街だけあって、怪しげな店も多い。駅の南口を出た途端に、風俗の無料案内所が出迎えるような街だ。老朽化した雑居ビルにはサラ金やピンサロの看板が連なり、女の胸元を模した立体看板が軒のようにせり出す。できた当時は新奇で目を引いたのかもしれないが、塗装も剝《は》げ落ちた今は侘《わび》しい印象を与えるばかりだった。

そんな安っぽい店の隙間《すきま》を縫うように、昨今《わか》はインターネットカフェが黄色い看板を掲げ、街を根城にする住人の国籍はパッと見では判らない。

まるで行き場を失《な》くした者の集まる吹き溜《だ》まりだ。駅裏のさらにうらぶれた通りともなると、饐《す》えた臭いがどこからともなく漂い、路肩に積まれたゴミ袋を狙《ねら》って早朝から烏も集まる。

飛び立った烏は悠々と仲間のいる電線に降り立ち、黒い塊となって地べたの人間を見下ろした。

　黒ずんだ煉瓦《れんが》色のコートを纏《まと》ったホームレスの老人が腰を屈《かが》めて眺め見ているのは、積まれたゴミ袋の間だ。小雪もちらつく中、一体の人形が頭を下に、足をフェンスにと高く掲げた奇妙な格好で転がっている。長い間放置されていたわけではないらしく、身につけたままの細身の黒いスーツもまだ綺麗《きれい》に見えた。

「マネキンって女か～？　男か～？」

　近くで手際よく袋からアルミ缶を選《よ》り出している小太りの中年男が、老人のほうを見ようともせずに問い返した。

「男だ～」

「女なら使い道もあるかもしれんけどなぁ。男じゃどうしようもないんじゃねぇか～」

　小太りの男は気の利いた下ネタでも言ったつもりか、下品な笑い声を上げる。

　その声に呼応するように、風も吹いていないのに人形の足が動いた。

　ギイッと軋《きし》んだ音を立てそうに傾いた足は、途中からぐにゃりとくの字に曲がり、人形の胴体はそれに合わせて寝返りを打った。

「ひ、人だぁっ！」

　柔らかに捩《よじ》れたその動きに、じっと見つめていた老人が「ひっ」と引き攣《つ》った声を上げる。

「……え？」

「マネキンじゃねぇ！　人だわ、これ！」

「ジーサン、いくらなんでも人形と人の区別ぐらいつくだろぉ。モーロクしすぎじゃねぇか」

「どれ」と近づいてきた男は息を飲んだ。

マネキンモドキの小さな頭はゴミ袋に半分埋まり、横顔を覗《のぞ》かせている。

無駄な肉のない青年の整った顔だ。石の彫刻のひやりとした質感を感じさせる滑《なめ》らかな肌。セルロイドのように光るダークブラウンの髪。青白い顔からは生気を感じず、閉じた薄い目蓋《ま ぶた》も、縁取る長い睫毛《まつげ》もぴくりとも動いていなかった。

老人が見紛《みまが》うのも無理はない。まるで人ではなく、人によく似せて作った人形のようである。

「死んで……るのか？」

路上に落ちているものに気がつき、男ははっとなって拾い上げた。黒革の長財布だ。厚みのある財布には万札が束で入っており、几帳面な性格なのか、綺麗に方向の並んだ札は二つ折りにした札で十枚単位に分けられていた。

抜き取ろうとすると、咎《とが》めるかのように烏が頭上でギャアと一声鳴く。カードホルダーに刺さった運転免許証を抜くと今度はアホーと一声。

「……束井《つかい》…艶《えん》？」

免許証の写真の人形顔は、虚《うつ》ろな空洞のような目でこっちを見ていた。

◇　始まりの星　◇

束井艶が生まれたのは二十八年前だ。

まだ若いが、二十代も後半となると様々な記憶が頭には連なっている。その中に、いつか死ぬときが来たら、自分は思い出すんじゃないかとおぼろげに感じていた出来事があった。

人は必ず死ぬ。年老いて病院のベッドで、長年連れ添った妻や子供たち、孫にまで囲まれて幸せな幕引きを迎えるか、志半ばで不慮の事故や災難に巻き込まれて命絶たれるか。あるいは、うらぶれた路地に出されたゴミ袋の上で、汚物に埋れて粗大ゴミのように死んでいくか。

いつか必ず訪れるが、現実味を持って想像できない自分の死を、束井は何パターンも捻《ひね》り出してみたが、それでもやっぱり最期に思い出すのはあのことのような気がしてならなかった。

それはもう遠い遠い過去。

小学校五年のときのことだ。

当時友達だった永見嘉博《ながみよしひろ》という男になんの前触れもなく、恋心を告白された。

季節は夏で、場所は永見の祖母の営む雑貨屋の前だった。学校帰りに店先のベンチに座りアイスを食べていると、先に食べ終えた永見がおもむろに「おまえに言っておきたいことがある」と切り出した。「好きだ」と続いたシンプルな告白のBGMに、店の奥の茶の間のテレビから漏《も》れ聞こえていたのは、『ルージュの伝言』とかいう曲だった。楽曲の発売当時、束井は生まれてもいなかったから、たぶん魔女っ子が黒猫を従えて箒《ほうき》で空を飛ぶ映画の主題歌のほうで流れていたのだろう。

「ふうん、そうなんだ」

コーンアイスを舐《な》める舌を引っ込め、束井もシンプルに返した。

「けどオレ、男は好きにならないから」

あっさり突《つ》っぱねた。

もちろん驚いてはいた。友達なのも同性なのも。小学生でも同性愛がどういうものかぐらいは判る。嫌悪感だって覚えていたかもしれない。ただ、盛大に驚くには夕方五時を回っていたのが問題だった。

その日は木曜日で、束井には観たいテレビ番組があった。当時、毎週楽しみにしていた夕方五時半からの特撮ヒーローもの、レイダーマンだ。幼少の頃、家庭の事情で子供らしい番組を観る習慣のなかった束井は、小学校も高学年になってハマっており、とにかく早くアイスを食べ終えて帰りたかった。

ヘタに反応すると話が長くなる。この上なく子供っぽい理由で、子供らしからぬ狡《ずる》さを発揮した束井は、さらりとかわすことでその場を切り抜けた。永見はそれ以上しつこく言ってくることはなかった。

束井は走って家に帰り、テレビを点《つ》けた。両親の帰宅はいつも遅く、家政婦の作り置きの食事を温めて食べるのが当時の束井の日常だったので、テレビは好きなだけ自由に観られた。

けれど、その日のレイダーマンは頭に入らなかった。

雑貨屋のベンチに残してきた永見のことが気になった。

なんで木曜日に言ったんだ。

金曜でも土曜でもよかったじゃないか。

ソファにころんと細い身を転がしてクッションを抱いた束井は不満を感じた。何故《なぜ》か頭にはぐるぐると『ルージュの伝言』が回っていて、追い払うのに苦労した。

ぎゅっと長い睫毛の目を伏せては開く。人形のような小作りの顔をテレビではなくやがて天井に向けると、真っ白な天井には諸悪の根源の友達の顔が浮かびそうになって、また目を閉じた。いつもは感じない心臓の音が、抱えたクッションの下でトクトクと鳴っていた。

どうしよう。うるさく鳴る心臓に何度も思った。

そして、その日のことは夏の一日の出来事に留《とど》まらず、ことあるごとに思い出した。

だから束井は、自分はきっと死ぬときもこのことを思い出すんだろうなと考えるようになった。

――二〇一二年六月

左右に首を振る扇風機は一定のリズムで異音を立てていた。

羽根がクルクル回る度《たび》に、カチカチと音がする。なにか異物に当たっているのか、古くて軋んでいるだけなのか。どちらにせよ、東井は家主ではないので確認するつもりも、まして修理するつもりもなかった。

ただ、じわりとこめかみに汗の浮くままに、ひび割れた黒革のソファに座っている。

築数十年のこぢんまりとした民家で、案内されたのは一階の八畳ほどの居間だった。あまり長居をしたい部屋じゃない。染《し》みの目立つ安手のベージュ色のカーペットには、生活用品やら明らかなゴミやらが雑然と転がっており、ソファの前のテーブル上にも、いつの食事の後だか判らないカップ麺の空容器がいくつも積まれている。

見るからに荒れた、やもめ暮らしの男の部屋だ。閉め切った窓のカーテンレールに並ぶ洗濯物のせいか、カビっぽい臭いまで室内には漂っている。

月はまだ六月だが、このところ夏を迎えたように暑い。雨が気まぐれに降ったり止《や》んだりするものだから、空気は常に蒸していて、洗濯物など乾こうはずもない。

「あ〜っ、あっちいなぁもうっ！　いつまで待たせんですかねぇ」

さっきから狭い檻《おり》に閉じ込められた獣のように、カーペットの僅《わず》かな足の踏み場を行ったり来たりしていた紅男《べにお》が、ついに天井に向かって吠えた。

佐藤《さとう》紅男。三カ月ほど前、知人に頼み込まれて束井が雇い入れた男だ。まだ二十一歳と若い新入りは頭を金髪に染めていて、派手な柄シャツや欠けた不揃《ふぞろ》いの歯が無教養に見えるが、実際に頭は悪いし柄《がら》も悪い。

紅男のぼやきにも、束井はぴくりとも動かなかった。さっきからずっと両腕《りょううで》を左右の膝《ひざ》上《うえ》にのせた前屈みの姿勢のまま、戸口の脇《わき》の床上を見つめていた。スーツの黒いジャケットが細身の体を一層華奢《きゃしゃ》に見せ、丸めた背には肩甲骨のラインも浮いて見える。

束井の物憂《ものう》い顔は、他人が目を瞠《みは》るほど端整だ。けれど、一見優男《やさおとこ》風のその目には光がなく、虚ろでいることのほうが多い。表情のない顔は得体が知れず、次第に見る者を不安にさせる。

「まっ、まさかトンズラしやがったんじゃ⁉」

家主のいるはずの二階を見上げていた紅男は、はっとなった表情で窓に向かう。洗濯物を掻《か》き分け、がらっと窓を開けて身を乗り出す男に、束井は渋々口を開いた。

「家の外は妻田《つまだ》が見張ってる」

喋《しゃべ》った弾みにこめかみの汗が不快に流れ落ち、首筋へと伝ってシャツの襟元《えりもと》に消えた。

「社長、さすが手慣れたもんっすね！　あっ、灰が崩れそうっすよ。えっと灰皿……」

指に挟んだままの煙草《たばこ》は、灰が長く伸びていた。吸い殻の山盛りになった灰皿を見つけた紅男が、すっと出してくる。

まるでヤクザの舎弟みたいな振る舞いだ。

まぁ無関係とも言えない職業であるから、堅気《かたぎ》ぶる必要はない。

煙草を揉《も》み消していると、ドタドタと慌ただしく階段を下りてくる足音が聞こえた。

「すっ、すみません、おっ、お待たせしました！　少しでも多く用意しようと思ったら時間がかかってしまって……」

戻って来たのは三十代後半の痩《や》せぎすの男だ。すでに四、五十代と言われても納得できるほどくたびれた風貌《ふうぼう》の男は、怯《おび》えた小動物のような目で東井を見る。年齢性別問わず、来訪を受ける者はみなこんな表情をした。

東井の仕事は貸金業だ。

親父《おやじ》が死んで跡を継がされ、気づけばもう八年にもなる。

銀行はもちろん、名の知れた信販会社では融資の受けられないブラック客が、藁《わら》をも縋《すが》る思いで借りに来る、いわゆる街金だ。

藁は藁であるから、大抵は縋れば脆《もろ》くブチッと切れる。

行きはよいよい帰りは怖い。手を出したが最後、人生が終わるとも言われる世界だ。

男はテーブルの端に札を出してみせた。それでも東井の無表情が変わらないのを見てとると、胸元に抱えたものを突き出す。

「なんだこりゃあ。いくら入ってんだよ？」

紅男が細い眉《まゆ》を吊り上げてべちっと叩《たた》いたのは、銀色の硬貨の詰まったガラス瓶だ。おそらく元はコーヒーの空き瓶かなにかだろう。

「せっ、正確な金額まではちょっと……つっ、つもり貯金で何年も前から貯《た》めた金なんです。今月の返済の足しになればと思って……まっ、待ってください。今数えますから！」

いちいちつかえる男の言葉は、まるで回りの悪い扇風機みたいだ。

カップ麵の空を避け、曇ったガラステーブルにうろたえた手つきで百円玉を積み始めた男に、紅男は「マジかよ」と舌打ちをする。しばらく黙って眺めていたが、気の短い男は我慢しきれなくなったようで、「あーもう、貸せっ！」と声を上げて借金男と一緒に百円の山を築き始めた。

山が二人分合わせて十個ほど並んだところで、東井は口を開いた。

「全部で三万二千円ってところだな」

「えっ、判るんですか？」

「この手の瓶詰引っ張り出してくる奴は少なくないからな。百円玉貯金ならまだいいほうだ。十円、五十円、中には一円ばっかの瓶詰出してくる奴もいる。五百円玉は……そんな貯金できるような殊勝な奴なら、街金に金借りたりしねぇか」

一呼吸置き、言った。

「足りないね」

東井の冷静な一言に、男は元々悪かった顔色を一層悪くした。

「こっ、これで有り金全部なんです！　ほっ、本当なんですっ！　あっ、明日から食うものにも困るぐらいで……」

「ないなら不用品でも売ればいいだろう。立派な家も家財道具もこうしてあるんだ」

「いっ、家は借家だし、金になるものなんてもう残ってません！　あったらとっくに売ってますっ！」

東井は無言で立ち上がり、戸口のほうへと歩み寄った。途中、足先に蹴《け》られた空のペットボトルがころころと頼りなく転がる。

「こいつは？」

手にしたのは、さっきからずっと見つめていた床上の青い鞄《かばん》だ。

「む、息子のランドセルです。今年から小学校に入学して……」

きょとんとした男の表情は、みるみるうちに変化していく。

「ちょっ、ちょっと待ってください。母親からのプレゼントなんです！　わっ、私はもう……離婚して縁切られてんですけど、息子にはまだ情があるみたいで」

「中古でも綺麗に使ってるから値はつくだろう。どうせなら未使用のうちに出せばよかったのになぁ。紅男」

「あっ、はい。えっ、俺が売るんすか？」

不意にランドセルを放られた紅男は、『わっ』となりながらも受け取った。

「ああ、中身は出しとけ。教科書は値がつかないだろうからな」

「つっ、東井さんっ‼」

借金男が悲鳴のような声を上げる。

「待ってくださいっ！　そっ、そんなもの売ったって二束三文にもなりゃしませんからっ！」

「その二束三文が用意できないから、代わりに売って来てやるって言ってるんだろ。ああ、なんなら母親のところに行っても構わないけどな。元亭主が馬券に消した金っていっても、息子のためだと思えば少しは返済手伝おうって気になるか」

「そっ、それは……」

「無理か？　こんなところに息子を平気で置いて行く女だもんなぁ。ランドセルごときで情けかけた気になって、振り回されるガキもたまったもんじゃ……」

「あんたっ、あんた、いいかげんにしてくれ！」

逃げ腰だった男が急に詰め寄ってきた。

「どこまで私ら家族を苦しめたら気がすむんだ！　よっ、嫁だって、あんたらが押しかけてきたりしなければ、出て行ったりしなかったんだっ！　あんたらが昼も夜もうちに押しかけて来るからっ‼」

「紅男」

東井はしらっとした顔のまま名を呼んだ。

血気盛んな新入りは、水を得た魚のように男の胸倉を摑《つか》み上げる。

「なんだぁ、テメエは！　社長に手ぇ出す気か⁉　いい度胸じゃねぇか！」

男の顔が引き攣る。紅男の柄シャツから伸びた褐色の腕に、ぐるりと一周回っているもの。墨だ。若気の至りのただのファッションだが、男を震え上がらせるには刺青《いれずみ》は十分だ。

「い、いや、そんなつもりはないです。全然、そんなつもりありませんからっ！」

東井は冷ややかに告げた。

「鈴木《すずき》さん、勘違いしないでもらえませんかねぇ。借金取りは借金をしなけりゃ来ない。いや、返済さえきっちりしてもらえれば、こちらにとってはいつまでも大切なお客様なんですよ？　借りたものは返す。子供だって判ることだ。なのに、あんたらときたら何度でも俺に同じことを言わせる。甘い顔すればつけあがる。クズだから、借金返し終えたら金をかき集めたときの親戚知人への恩義も忘れて、またくだらねぇ借金を作る」

紅男に摑まれたまま硬直している男のほうへ身を乗り出し、東井はその整った顔をぐいと近づけた。無造作に下りた前髪の間から暗い眸《ひとみ》を覗かせ、額《ひたい》に脂汗を滲《にじ》ませた男を見る。

「なぁ、ヒントをやろう。まっとうに戻るにはなにが一番の近道でしょう？」

返事はない。

東井は唇の端を歪《ゆが》ませ、嘲《あざけ》りの表情を作った。

「来週また来る。残りの金、用意しておいてくださいよ」

テーブルの上の札を、集金用のセカンドバッグに入れ、ガラス瓶はランドセルを抱えた紅男の小脇に押し込んだ。

「来週、用意しておけよ～」

オウムのように繰り返す紅男の声を背中で聞きながら部屋を出る。いつからいたのか、廊下の壁に張りつくようにして小さな子供が立っていた。

ちらと一瞥《いちべつ》しただけで玄関に向かう東井に、ぼそりと言葉を投げかけてくる。

「あくま」

バカやクソだったら振り返らなかったかもしれない。

「なんだ、坊主。毎月月末になると家にやってくる悪魔のおじちゃんってか？」

「このアクマっ！」

「残念ながら俺はこう見えて悪魔じゃない。昔は天使って呼ばれてたんだ。羽はニセモンだったけどな」

訳が判らないであろう言葉にも、まだ幼い子供は負けじとこちらを仰ぎ、睨《にら》みつけてきた。握った小さな両手の拳《こぶし》にもぎゅっと力が籠《こも》っている。

「父ちゃんがクズなら、おまえはもっとクズだ！　もっともっとクズだ‼」

東井の掲げた右手に、子供はびくりと目を閉じる。頭を掻き撫《な》でようとした手を引っ込め、代わりに去り際にひらりと振った。

「まぁ、それは否定しない。じゃあまたな、坊主」

「もうくるなっ、ぜったいくんなっ、くたばっちまえっ！」

「ははっ」

東井は声だけで笑い、表情は据え置きのまま表に出る。生温《なまぬる》い風が汗ばんだ首筋を撫でた。

「若社長、どうでしたか？」

玄関の外には、見張りの厳《いか》つい中年男、妻田が帰りを待っていた。


事務所までは妻田の運転する車で戻った。

妻田正《ただし》。肩書きは専務で、そろそろ四十に手の届く男は事務所の古株だ。先代の頃から勤めており、東井の父親が投資業にも色気を出して会社を大きくした頃も、その後景気が悪くなって業務縮小、人員整理……するまでもなく社員が見切りをつけてバタバタ出て行った様もすべて知っている。

今ではたった五名の零細会社となったエンゼルファイナンスで、妻田はもっとも信頼できる片腕と言えた。紅男と同じく堅気には見えない不学の男だが、性格は温厚篤実。ただし、下駄顔の大層な強面《こわおもて》で、連れて歩けば通行人も道をあける。

いつだったか、子供の頃のあだ名はフランケンシュタインだったと聞き、東井は同情するよりも納得してしまった。自分はマネキンだったと返すと、妻田は「そんな感じですね」とこれまたフォローにならない反応を寄こした。

経理机についた妻田は、さっきから箱の中に瓶詰の硬貨を放っては、ザラザラともジャラジャラともつかない音を鳴らしていた。取っ手のついた木箱は、中に設《しつら》えられた細かい仕切りで硬貨を分ける銭升《ぜにます》と呼ばれるもので、江戸時代の商人の必携道具だったという。先代が面白がって購入した古道具を、妻田は勘定に実用していた。

窓辺のデスクの東井は、背凭《せもた》れの高い社長椅子《いす》を揺らしながらその音を聞く。いかにもな社長椅子だ。壁には鹿のはく製、床には虎の敷き革。みな成金趣味だった父親の遺物である。この部屋も元々、父親の購入していたマンションの一つで、資産を整理して最後に残ったものだ。今は事務所兼単身の東井の住居になっている。

広い窓からは街並みが一望できた。

街金が事務所を構えるには、相応《ふさわ》しくない街だ。その昔ビール工場のあった頃はここも垢《あか》抜《ぬ》けない街だったそうだが、今は都心らしい小洒落《こじゃれ》た店が並び、ぱりっとしたスーツのサラリーマンや、ファッションに敏感な綺麗な女も行き交う。

東井は時々居心地の悪さを覚える。

もっとうらぶれた猥雑《わいざつ》な街のほうが、自分にもこの仕事にもきっと似合う。

「いくらある？」

音が止んだのに気づき、妻田に尋ねた。

「三万一千八百円です」

「……ふうん」

振り返らぬまま応《こた》える。

「すごいじゃないですか。社長の予想どおりっすね！」

ランドセルをとりあえずどこに置いたものか迷って部屋をうろうろしていた紅男が、太鼓持ちよろしく声を上げる。室内に今いるのは三人だけだ。

「予想どおりじゃ足りないだろ。来週また行かねぇとな。あーさっさと払い終わってくんないかな、あのオヤジ」

取り立ての際はけして見せない、やる気のなさそうな口調で東井は言う。

「けど、このまま元本払えずにいてくれたほうが、うちとしてはずっと利息回収できてオイシイっすよね？」

「……まぁな。けど、絞りカスは絞るほうも疲れんだよ」

ゆらゆら左右に椅子を揺さぶるまま、ぼそりと口にした。聞き取ったのか否か、紅男は中身を抜いて軽くなったランドセルをボールのように両手で弾ませる。

「そういえば社長、さっきガキに言ってた『天使』ってなんすか？　昔天使だったとかって話してたでしょ？」

椅子をくるりと回すと、紅男の背後からこちらを窺《うかが》うように見た妻田と目が合った。

「べつに、なんでもない」

「けど、偽物の羽がどうとかまで……」

「おまえには俺は天使に見えるか？」

問い返しに、紅男は『えっ』と判りやすく言葉に詰まった。

「いやぁ……えーっとなんていうか……イケメンだなぁとは思いますけど、正直天使とは……」

「なんだ、おまえまで悪魔だって言い出すのか？」

善人に見えるとの返事を期待するほど、ずうずうしくもない。束井は男の困惑をフンとただ鼻で笑い飛ばした。

「だ、だって、その二択きついっすよ。天使ってのはもっとこう、いつもやさーしく微笑《ほほえ》んでる感じじゃないですか。ほら、なんとか聖堂のなんとか絵の天使とか！」

「なんとか絵？　壁画か？」

「俺、取り立て以外でも、社長がちゃんと笑ってるの見た覚えないんすけど」

「昔は笑ってたよ。ガキの頃はたくさんな。一生分笑ったから、俺はもう笑う必要がなくなった。それだけだ」

「えーっと、笑うってそういうことじゃないかと」

「おまえだって、朝飯に毎日ピーナッツ味のランチパックばっかり食って飽きたとか言ってただろ」

「だからそれとは……」

もうこの話は終わりとばかりに強引に話題を変える。

「妻田、大矢《おおや》たちは夜までに帰ってくるのか？　回収できてたら飲みにでも行くか。あいつら今月はノルマ達成できそうだって言ってたしな」

たまには社員を労《ねぎら》ってやろうという気持ちは実際にあった。街金なんて世間にはヤクザな商売と恐れられ、実際恐喝紛いの取り立てもしているが、仕事は楽じゃない。欠片《かけら》でもまっとうな神経を持ち合わせていては、自身が潰《つぶ》れる。他人を脅し罵《のの》り、ときには甘い餌をチラつかせ、縋る者は切って落とす。よしんばそれを楽しむ冷酷さを生まれつき持ち合わせていたとしても、毎日繰り返せばただのルーチンワークだ。ストレスは溜まる。

「そういや、こないだ田口《たぐち》が肉が食べたいって言ってたなぁ。焼肉にビールでどうだ？」

気の利いたはずの提案に返事はない。

妻田は思いがけない反応を寄こした。

「若社長、実は詫《わ》びておかねばならないことがあります」

「なんだ？　勘定違ってたか？」

「こないだ預かった葉書ですが、間違って投函してしまいました」

言われて思い当たったのは、出すよう頼んでおいた返信葉書だ。

「間違えたって？」

「出席のほうに丸をして出してしまいました」

束井は言われたことの意味が一瞬理解できず、一拍置いてから声を荒げた。

「はぁ⁉」

「そういえば欠席に丸をしろと言われた気がすると、今思い当たりまして」

「おまえ、自分がなに言ってるか判ってんのか？　間違えるとか有り得ないだろ！」

「あの葉書、高校の同窓会の出欠でしたね。今夜です。会いたくない方でもいるんですか？」

二カ月ほど前に届いた葉書はずっと目の前のデスクにあった。何日もの間、右へやったり左にやったり、出欠を決めようと手に取っては迷った末に机に戻した。

しまいには自分で出すこともできずに妻田に押しつけたのだから、勘ぐられても当然か。

「べつに、ちょっと迷っただけで……」

「会いたい方でもいるんですか？」

今度はまったく逆の問いかけをした妻田に、束井はなにも返すことができなかった。

高校時代にもっとも親しかった相手。小学校からの付き合いで、幼馴染《おさななじ》みと呼ぶべき存在だったその男とは、高校を卒業してからもう十年近く会っていない。

仲違《なかたが》いをしたとか、なにか原因があったわけではない。小学校五年のときの告白など、当時からもうカビの生えた思い出で、時々記憶から呼び出してしまう以外は友人関係に支障はなかった。

ただ自分が一方的に会いたくなくなった、それだけだ。

沈黙する束井に、妻田は強い口調で言った。

「若社長、すみません。今夜は同窓会に行ってもらえますか。私のミスで申し訳ありませんが、人数に換算されてると思いますんで」

行く。行かない。

行く。行かない。

行く。行かない。行く——

手にマーガレットの一つでもあったなら、花びらをむしり出しかねない勢いで、束井は逡巡《しゅんじゅん》しながら蒸した夜の街を歩いた。

店の前に着いた瞬間に、選んだ花びらはどちらだったのか。

『むら江』、そう白抜きの文字で書かれた藍色《あいいろ》の暖簾《のれん》の下に立った東井は、考える間もなく背中を軽く叩かれ、それどころではなくなった。

「東井くん？　本当に来てくれたんだね！」

「……山本《やまもと》？」

丸顔に眼鏡《めがね》の人のよさそうなスーツの小男は、同窓会の幹事の元クラスメイトだ。おぼろげに高校時代の顔の記憶が残っている。

「僕も仕事でぎりぎりになってさ。もうみんな集まってるんじゃないかな」

「あ、ああ……」

促《うなが》されて足を踏み入れたのは、高校の同窓会にはやや畏《かしこ》まりすぎた感じのする割烹料理屋だ。着物の仲居に奥の座敷へと案内され、『どうぞ』と襖《ふすま》を開けられて驚いた。

狭い。クラスは確か四十人近くいたはずだが、半分の二十人も収まるのは厳しい和室で、すでに座卓の席はほとんど埋まっている。

一瞬で見渡せた座敷に件《くだん》の男の姿はなかった。

「今日の同窓会って何人の予定なんだ？」

「十五人だよ」

山本は困ったように笑う。

「高校卒業して十年足らずで半分以下じゃ、先が思いやられるんだけどね。東井くんが来てくれてよかったよ。同窓会なんて興味ないタイプだと思ってたから、実は半信半疑だったんだ」

そんな風に言われると、後は食事代だけ払って適当に切り上げるなんて訳にもいかなくなる。

幹事の山本は挨拶しながら座り、東井もその隣へと続いた。十年も経《た》てば積もる話があるのは当然だろうが、みな勝手にワイワイやっている。会がまとまったのは乾杯だけだった。それもあがり症らしい山本が短い挨拶の間に二度も噛《か》んで、冷笑を買った。

東井は無言でジョッキビールを傾ける。何度か女子が座卓の外れからわざわざやってきて、なにげに彼女の有無まで確認してきたが、反応が鈍いとそそくさと去って行った。

「東井くんはいいな。昔っからモテてたもんなぁ、一段とハンサムになってるし」

山本がぼそりと言った。

「なんだ女に興味があるなら、おまえも自分から話せばいいだろう。気になる女でもいるのか？」

山本は即座に「ま、まさか」と応えたが、俯《うつむ》く男の視線が一瞬座卓の隅の席に向かったのを東井は見逃さなかった。

ロングヘアの小柄な女がそこには座っている。なかなかに可愛らしい顔にも『誰だっけ？』と東井は首を捻ったが、山本にとっては憧れのクラスメイトってやつなのだろう。

そういえば、昔から要領の悪い男だった。同窓会委員なんて厄介なものを引き受けさせられているのもそのせいだ。

「せっかく集まったんだし、昔の仲良しグループばっかりで話してたってつまらないだろ。自己紹介でもやったらどうだ？」

東井の提案に、山本は目を輝かせて頷《うなず》く。

「あ、そうか。それはいいね！」

意中の女に近づくきっかけにする器用さなど、やはり持ち合わせていそうにないが、山本の声かけで近況報告の自己紹介は始まった。

端から順に挨拶していく。結婚だの出世だの、さりげなく幸せ自慢を織り交ぜて話す者もいる中、山本の順番が回ってきた。

「山本です。今は双井《ふたい》商事に勤めています」

座敷がざわついた。

「え、双井って総合商社の？」

「うそ、一流企業じゃん」

あからさまなまでに反応が変わる。「えー、すごーい」などと声を上げて、身を乗り出す女も現われ、山本の意中の彼女も食事の箸を止めてこっちを見た。

「で、でもそんないい状況じゃないから！　今度辞めることになってるんだ。今の部署が合わないっていうかその、営業成績悪くて転職を……」

「なんだ、それってリストラ要員ってことじゃね～の？」

舞い上がった山本の余計な一言に、口さがない男が聞えよがしに言う。「相っ変わらずダセエ奴だなぁ」と飛ばされた野次に、山本は小柄な体をますます小さくし、色めき立った女たちの興味も萎《しぼ》んでいくのが見てとれた。

束井はジョッキビールをぐいと飲みながら、口を挟んだ。

「まぁ若いんだし、借金がないなら出直しぐらいきくだろ」

「借金？」

「俺は今、貸金業をやっててさ。ああ、銀行系とかテレビで宣伝してるような信販じゃないけどな」

訊《き》かれてもいないのに、山本のリストラ話を打ち消すように饒舌《じょうぜつ》になった。

向かいの男が恐る恐るの声で問う。

「信販じゃない貸金業……って？」

「街金だよ、街金。即日融資、無審査ブラックＯＫ」

「街金……」

「社員は俺のほかに四人いる。っていっても、一人は新入りであんまり役に立ってないんだけどな。こっちもカツカツで人を増やす余裕なんてないから断りたかったんだけど、こいつが腕に墨入れててさ。粋《いき》がって彫ったものの、仕事がなくて困ってるなんて泣きついて来るもんだから……まぁ、あれだよ。取り立てには役立ってる」

「墨……取り立て……」

座敷はざわつきを通り越してシンとなる。

先ほど山本に野次を飛ばした斜向《はすむ》かいの男だけが、懲《こ》りずに嫌味を口にした。

「東井、おまえも随分と落ちぶれたもんだなぁ」

「そうか？　おまえだって先はどうなるか判らないぞ？　ああ、首が回らなくなったら言ってくれれば、いつでも力になるよ。これ、名刺な」

黒スーツの内ポケットからシルバーの名刺入れを取り出し、一枚抜く。

「ご利用は計画的に。そういや、すでに一人死んでるんだよな、俺の客。利息分も払えねぇ奴だったけど、なにも自殺することないのにね。命あっての返済、だろ？」

東井は口角だけを吊り上げて笑い、惰性で名刺を受け取ろうと手を伸ばしかけた男の表情は見事に引き攣った。

隣を見れば、山本までもが顔面を強張《こわば》らせている。目が合うと、さっきまでの和やかな会話はなかったかのように視線を泳がせた。

静まり返った座敷の痛い眼差《まなざ》しの数々。

自分から吹っかけた話とはいえ、宙に浮かせた名刺のやり場に困る。

「ま、そんなわけだから、借金さえなけりゃ人間逞《たくま》しくやり直せんだよ。たかが転職ぐらいで……」

言い捨てて名刺を引っ込めようとした瞬間、意識してもいなかった背後から声がかかった。

「名刺、俺にもくれるか？」

束井はびくりと動きを止めた。

頭上から下りてきた声。人の気配にまるで気づいていなかった。振り返るとさっきまで閉じていたはずの入り口の障子戸が開いており、見知った顔が自分を見下ろしていた。

「久しぶりだな、束井」

壁際で背の高い男は微《かす》かな笑みを浮かべた。

勤め人らしくないノーネクタイの白シャツにベージュのチノパン。

その顔つきも雰囲気も制服を着ていた頃とは違っているはずなのに、怖いくらいに永見は永見のままだった。

◇　走馬灯の天使　◇

――――一九九二年、秋

幼馴染みの永見嘉博は変わった男だった。

親しくなったのは小学校二年の秋頃で、同じ学校の同じクラスにもかかわらず、東井はそれまで永見の顔も知らなかった。

理由は特異な生活環境にある。

二十八年前、年の離れた夫婦の間に生まれた東井は、『天使』と呼ばれていた。

多くの子供が親にとっては天使だが、そういう意味ではない。東井はキッズタレントで、物心ついたときにはもうスターだった。最初の記憶はベビーベッドの上で回るオルゴールメリーでも母親の顔でもなく、撮影用の眩《まばゆ》いライトの下で、自分を笑わせようと必死でオモチャを振る大人たちの顔だ。

赤ん坊の頃は静音が売りの家電のCM、ハイハイを始めればオムツや車のCMにも出演し、立ち上がるときにはもうモード服を身につけ、女優と一緒にファッション誌の表紙を飾っていた。愛くるしい容姿は大人たちを虜《とりこ》にし、その認知度を飛躍的に高めたのはコーヒー飲料のCMだ。天使のコスチュームを身につけた東井が、音楽に合わせて踊るというそれだけのものだったが、記憶に残りやすい曲と真似しやすい振付が受けて、ＣＭも束井の人気もたちまち沸騰した。

将来を期待される人気子役。ついには某公共放送の朝の連続ドラマで、主人公の子供時代を三カ月にわたって演じるという大役が回って来た。

そして、事件は起こった。

天使のＣＭの撮影現場で、その日の待ち時間はいつもより長かった。

束井は退屈していた。多数いるエキストラの子供たちは、わいわいと楽しく集まって現場のビルのホールを走り回ったりしているが、束井はその輪には加われない。付添いの母はほかの子供たちを『普通の子』と呼んで関わらせまいとしていたし、また子供たちも束井には遠慮して近づこうとはしなかった。

そんな中、ある子供が束井にそっと声をかけてきた。

同じ事務所の子役で、一つ年上の大瀬良元《おおせらはじめ》という男児だ。

「艶くん、知ってる？　このビル、秘密の場所があるんだ」

「秘密の場所？　どこにあるの？」

「上のほう……あ、でも艶くんを連れて行ったりしたら、怒られるから……」

秘密や隠れ家、子供はそういったものが大好きだ。束井もそれらにワクワクする普通の子供だった。

それに、声をかけられて嬉《うれ》しかった。

「大丈夫だよ。僕、誰にも言わないから」

「本当？」

束井は力強く頷いた。

男児に連れられて行ったのは、ホールの吹き抜けの上に当たる十階だった。一般は立ち入り禁止の階は回廊になっており、ホールを見下ろす中央の広々とした天窓には、細いキャットウォークが張られていた。

普通では通れない、秘密の通路だ。

「わぁ！」

束井は目を瞠らせ、歓喜の声を上げた。

張り巡らされたガラスの天窓。キラキラと輝くダイヤモンドの美しいカッティングのように、三角形の大きなガラスは複雑に組み合わさっていて、眼下の真っ白なホールはまるで光の庭に映る。

「ガラスの部屋みたいだろ？　僕の秘密の場所なんだ。特別に半分、艶くんにあげるよ。橋の右っ側が僕で、左っ側は艶くんの場所でいいよ」

キャットウォークを歩きながら、男児は弾む声でなんの効力もない区分けを始め、束井は「いいの？　ありがとう！」とそれに乗った。

「艶くん、下りてみる？」

「え、下りられるの？　大丈夫？」

「ガラス厚いし、寝そべると空飛んでるみたいな感じするんだ」

その言葉に、男児は何度もそうしているのだろうと思った。

束井は促されるままキャットウォークからガラスの天窓に降り立った。真下には十階分のなにもない空間が広がっていたが、不思議と高さは怖くなかった。

天使だからかもしれない。撮影ではいつも束井は天使の羽をつけていて、CG合成のCMの中では気持ちよく空を飛んでいた。ずっと羨《うらや》ましかった。自分なのに自分ではない、テレビに映る自分。

「艶くん、右のほうに行くともっと宙に浮いてるみたいだよ」

束井は一歩一歩踏み出し、下界を見下ろした。人が小さな人形のようだ。楽しげに走り回る子供たち、準備にあくせくと動き回る大人たち。いつも時間にピリピリしていることの多い母親は、ホールの隅で撮影の責任者らしき人物となんだか揉めている。声は聞こえない。身ぶり手ぶりで判るだけだ。苛立《いらだ》った母親の甲高い声が苦手な束井にはちょうどよかった。

まるでテレビ画面の向こう側に入り込み、本当の天使になった気分だ。

束井は額をガラスに押し当て、両手を伸ばした。

空を飛びたい。

もっと本物の天使のように。もっと自由に。

しかし、束井と下界を隔てる天窓は、冬の湖面に張った薄氷だった。

小さな両手と両膝の下で微かな音が鳴った。ゆっくりと、けれど確実に大きくなる軋む音。

世界の割れる音だ。

その瞬間、束井は目を見開かせた。

「元くん！」

反射的に叫んで振り返った目には、キャットウォークの上でこちらを見る男児の表情のない顔が映った。

支えるものを失くした体は垂直に落下し、煌《きら》めく切片となったガラスが一面に降り注ぐ。

束井は天使なんかではなかった。

悲鳴と混乱。その後に起こったはずの出来事を、束井はなにも覚えていない。気づいたときは病院のベッドにいた。左足の骨折と打撲、切り傷。ホールに設置された大きな観葉植物がクッションとなって助かったのはまさに奇跡だったが、周囲にいたスタッフと子供数名も降ってきたガラスで軽い怪我《けが》をしており、無事を喜ぶニュースではすまない騒ぎになった。

天窓の周囲には立ち入り禁止の札もあったらしいが、見た覚えがない。

束井は回廊にいた理由を話さなかった。

男児との約束を守って、誘われたからだとはけして言わず、病院を移る際にしつこくコメントを求めてきた取材記者には『天使になりたかったから』とだけ答えた。母親は大慌てで、余計なことは言わなくていいと息子に沈黙を強要し、そしてそれは裏目に出た。

世間の好奇心を請け負うマスコミは行き場を失い、現場にいたエキストラの名も無き子役に目を向けた。東井が病室のベッドで見たのは、保護者と共に会見を開いた大瀬良元が、『艶くんに誘われて天窓のところに行った』とテレビで説明する姿だ。

『艶くんは悪くないんです。危ないからやめようって言えなかった僕が悪いんです。艶くんに誘ってもらえて嬉しかったから……艶くんに話しかけてもらえるなんて、珍しいことだから僕嬉しくて……』

涙ながらに語る子供は、視聴者の憐憫《れんびん》を誘った。同じ年頃の子を持つ親からしてみれば、どこへ行ってもスター扱いの東井よりも、名もないエキストラの子役の男児のほうが共感もできる。

男児の発言はたちまち波紋を呼び、東井はバッシングを受けることになった。

メディアには何度も大瀬良元が登場した。本当は艶くんを止めたかった。助けたかった。男児が東井を憐《あわ》れむほどに、同情の目は彼へと集まり、東井には天使の顔をした悪魔だなどと、過激な中傷をする週刊誌まで現われた。

たとえ否定し、今更真実を話したところで状況は変わらなかっただろう。取り巻く環境は一変したのだ。

割れたガラスは元には戻らない。

壊れた世界は、壊れたまま——

まだ幼かった東井には、理解できなかった。悪いことをすれば人に嫌われる。それは理解できる。でも東井はなにもしていなかった。なのに仕事で笑顔を見せても、持てはやされていた頃には天使と呼ばれた表情を、腹黒そうな作り笑いだと叩かれる。

自分はなにも変わっていない。

ただ、以前と同じように笑っているだけなのに。

損なわれたイメージは東井の商品価値を大きく下げ、ＣＭスポンサーは次々と離れて、仕事は激減した。怪我で出演できなくなった朝の連ドラは、代わりにもっとも話題性のある子役が引き受けることになった。

大瀬良元。下剋上ともいえる抜擢《ばってき》を世間は歓迎し、いよいよ東井の居場所はなくなった。

永見と出会ったのは、そんなときだった。


芸能事務所から家に帰る途中の道筋だった。

「家まであと少しだってのに、道路工事なんてついてないわね」

苛立った母親のいつもの甲高い声は、破砕機のけたたましい騒音にかき消されていた。

車両通行止めでタクシーを降りた路地では、猛烈な勢いで上下する破砕機の杭《くい》のような切《き》っ先《さき》が硬いアスファルトを粉々に打ち崩し、粉塵《ふんじん》を上げている。汗みずくで作業する男たちの傍らを、しかめっ面《つら》の母親は購入したばかりの秋色のストールを翻《ひるがえ》して歩き、束井は足を引き摺《ず》りながら後に続いた。

事故から数カ月。退院してギプスもようやく取れ、松葉杖なしで歩けるようになっていたものの、まだ左足には不格好な装具がついていた。

「艶、早くしなさ……」

振り返った母親は苛々と急《せ》かしかけ、足を見ると諦《あきら》めたように溜《た》め息《いき》をつく。その目には心配よりも、落胆の色が浮かんでいた。

現場にいるとタレントと間違われることもある束井の母は、元アイドルだった。女優志望で、しかしアイドルとしてすらぱっとすることはなく、世に名も知られぬまま消えていた。

そんな母であるから、息子は分身のごとき存在だったに違いない。生まれてすぐにキッズタレントとして登録したのも自己投影の証《あかし》で、束井の子役生活は母の夢を叶《かな》えるために始まったも同然だった。

にもかかわらず、落下事故の対応が悪かったばかりに息子の人気は風前の灯《ともしび》。母はもちろんイメージを取り戻そうと躍起になったが、どの方法も効果的ではなかった。束井を見る焦燥感に満ちた眼差しは、やがて失望の眼差しへと変わり、まるで動かなくなったオモチャに諦めをつけたみたいに、淡々と母親としての役目を果たすようになった。

「スーパーで買い物して帰ろうと思ってたんだけど」

束井は買い物の足手纏いになって、母のがっかりした顔を見るのは嫌だった。

「ママ、買い物に行っていいよ。僕は家に帰ってるから」

「でも、一人で大丈夫なの？」

タワーマンションは、もうすぐそこに巨大な塔のように聳《そび》え立っている。息子が髪を揺らして頷くと、母は「そう」と言い残して先を急ぎ始めた。その背中を少し見送ってから、束井はひょこひょことした足取りで歩き始めた。

途中に一軒の雑貨屋があった。マンション周辺の街並みは新旧入り交じっており、レトロな店構えの雑貨屋は、以前映画のセットで目にした駄菓子屋にとても似ていた。店先に子供たちが集まっているのを、タクシーで通りかかった際に何度か見たこともある。

魔が差したとしか言いようがない。足を止めた束井は中の様子を窺った。道路工事のガガガとうるさい音が、背中を押すように鳴り響く。恐る恐る手をかけた木枠の引き戸は見た目よりもずっと軽く開き、中はひやりとした空気だった。

「……すみません」

思わず小声で言った。ほかに客の姿はない。店の奥は自宅になっており、土間から五十センチほど高くなったところに畳敷きの茶の間が見える。

「いらっしゃい」

奥に進むと、座卓の広げたノートに向かっていた子供が顔を上げて応えた。店番なのか、東井と同じ年齢くらいの男の子だ。ハサミで無造作に切ったような短い黒髪の下の眉は、子供なりにきりっとしていて、番犬のような目をしていた。日に焼けた肌は小麦色で、服はピンクの小花柄のワンピース。ふわりと膨れたスカートの裾《すそ》が、少年の足元を覆っていた。

どこかおかしいことは一目で判ったけれど、東井はあまり驚いた表情はしなかった。芸能活動をしていると変わった人物との遭遇は珍しくない。巨漢の男がフルメイクでドレスを着ていたり、オジサンがショートパンツにカラータイツを履いていたり。それより、少年のほうが驚いたようにまじまじと東井を見ていた。

東井はゲーノージンで、気づかれると厄介なこともある。膨れた風船が萎むように意気消沈して俯き加減になったけれど、今更踵《きびす》を返して逃げるわけにもいかず、とりあえず駄菓子のコーナーに近づいた。本当に撮影所で見た駄菓子そのものだ。近くに積まれたかごを手に取り、目に留まったものに手を伸ばす。

少年のほうを窺い見ると、もう知らん顔でノートに向かっていて、変に意識しすぎただけのようだった。

東井は現場で出される高級菓子よりも興味いっぱいの駄菓子を、急いで手当たり次第にかごに入れた。レジに向かうと、少年がタイミングよく茶の間から下りてくる。やはり身長も百二十センチ台の東井と同じくらいだ。

「全部買うのか？」

するりとカウンターに入った少年の言葉に頷く。愛想がないだけに、ワンピース姿はシュールだった。けれど、なにか誤動作でも起こしたみたいな服装を除いては、少年はまだ小学校低学年とは思えないほどしっかりしていて、レジに金額を打ち込み終えると『二千三百六十円』と告げた。

言われるままに、斜めがけのポシェットから二つ折りの大人びた革財布を取り出す。平然と札を抜き取ると、少年は東井の顔を怪しむ顔で見たがなにも言わなかった。

釣りが出てくるまでの間に、東井はレジカウンターの傍らの棚のものに目を奪われた。

特撮ヒーローのフィギュアが仰々しくケースに収められて飾られている。たしか夕方に放送しているレイダーマンとかいう番組のキャラクターだ。カードクジの景品らしい。

「これ買ったらもらえるの？」

「クジに当たったらな。一回三百円」

「じゃあ……一回」

実のところ、仕事に忙しかった東井は番組を観たこともなかった。けれど、誰に教えられなくとも女の子は魔法少女になりたがり、男の子はヒーローに憧れるものだ。それに、共演したエキストラの子たちが、赤いヘッドのヒーローフィギュアを手に楽しげに走り回っていた姿が頭を過《よ》ぎった。

「残念だな」

クジはハズレだった。名も知らない黒タイツの怪人のカードが出てきただけだった。

「もう一回」

迷わず言った。

今度は触手の生えたナントカ星人が出てきた。

「もう一回」

「三百円」

「もう一回！」

ムキになって繰り返した。

クジはほとんど未知の世界だ。テレビ局のパーティのクジ引きで当たりを出したことはあるけれど、束井のために用意されたとしか思えない高価な輸入物のオモチャセットで、なんの感動もないまま母が面倒臭そうに受け取っていた。

束井は初めてクジというものに嵌《はま》った。

「そいつは一つしか当たりは入ってないよ」

カードは山とある。全部引いたらいくらになるのか。少年は止めようとしたのかもしれないが、『忠告』なんて判らない束井は財布から札を抜いた。

「じゃあ、もう十回」

福沢諭吉を目にした少年はしばらく沈黙してから言った。

「一人三回までだから」

「え、どうして？　そんなこと最初に言わなかったよ？　もう八回くらいやってるし」

「今決めた。当たるまで粘られても、ほかの客の迷惑だからな」

「なんで？　ほかのお客さんなんていないよ？」

「一人三回」

「………」

頑《かたく》なに返され、束井は桜色の唇を嚙んで沈黙する。欲しいものが手に入らず拗《す》ねるなんて子供の頃にはありがちだが、束井には滅多にないことだった。周りの大人たちは束井の望みはなんでも叶え、同年代の子供に諫《いさ》められるなど、あり得なかった。

「おまえ、なんでそんなに欲しいんだ？　金持ってるなら買えばいいじゃないか？」

「………」

二番目の沈黙は、どうしてなのか自分でも判らなかったからだ。

赤いヘッドのヒーロー。どんな活躍をしているのかも知らない。怪人をやっつける姿も観たことがなく、ただ母親に『普通の子』と呼ばれる子供たちが手にして遊んでいたという、それだけだった。

東井の長いだんまりに、カウンターの少年は折れたように言った。

「明日またくればいいだろ」

「え……？」

「一人一日三回」

淡々と対応していた少年が、ふっと表情を緩めて笑った。

東井はようやく言葉の意味を理解した。

「……そっか、明日くればいいんだ」

『おいで』とも『待ってる』とも言われたわけじゃないのに、それは東井にとって、怪我をして初めての嬉しい出来事だった。


それから東井は三日とあげずに、母親が買い物に出る時刻を狙って、少年が番をする雑貨屋を訪ねるようになった。

店の少年は永見嘉博といい、偶然にも東井の在籍する小学校の同じクラスの生徒だった。

永見は東井のことを知っており、それはタレントとしての東井や顔を知っているのではなく、クラスに『滅多に学校にこないゲーノージンがいるらしい』という情報としてだった。

店に通い始めて一週間が過ぎた頃だ。

いつものように三回『ハズレ』クジを引いて帰ろうとすると急に雨が降ってきて、『茶でも飲んで行けば？』と声をかけられた。

畳の茶の間で永見に問われた。

「おまえさ、なんでそんなに金持ってんの？　親が金持ちなのか？　父ちゃん、社長か？　海賊王か？」

親も裕福だったが、自分の稼ぎだ。キッズタレントであることを説明すると、永見はクラスのゲーノージンの噂を話し始めた。同じクラスと知って驚いたけれど、二年三組と聞いても、束井にはどこかドラマの設定みたいに現実感は乏《とぼ》しい。

「うちは、ばあちゃんがNHKばっかり観てるからなぁ。そういや、CMとかってあんまり観たことないかも……へぇ、そっか。タレントなんだ、なるほどな」

なにが『なるほど』なのかよく判らないが、少年は勝手に納得している。子供らしい黒目がちの眸が、最初に会った瞬間のようにじっと自分を見つめていて、その眸はきらきら光って見えた。

妙にドキドキした。束井は服のせいかもしれないと思った。永見はいつも女の格好をしているわけではなかったけれど、その日はまた丸襟ブラウスにスカートだった。首元には細い臙脂《えんじ》のベルベットのリボンも結ばれていた。片側だけだらっと長くて、短髪とのバランスの悪さといい、どうも拘《こだわ》りがあって着ているようには見えない。

「ねぇ、君ってどうして女の子の服を着てるの？」

永見は、『ゲーノージン』を知った瞬間よりもびっくりした顔をした。

「おまえ、気づいてたんだ？」

「……気づかない人いるのかな」

「なにも言わないから気にしてないんだと思った」

それは半分当たっているけれど、半分違う。

知らなかったわけじゃない。

「その服で学校にも行ってるの？」

「まぁ、ときどきな」

「……変だって言われない？」

「言われるに決まってるだろ。しょうがないんだよ」

遠慮がちな東井の問いに、ややぶっきらぼうな口調で永見少年は応えた。

怒ったのかと思えば、ちゃぶ台の上の煎餅《せんべい》の入った入れものをぐいっと東井のほうへ押し出してきた。バツが悪かったらしい。

「ありがとう」

行儀よく正座をした東井は礼を言ってから煎餅に手を伸ばした。

なにがしょうがないのか。東井は永見のことがなおさら気になってしまい、理由を訊いてみるかどうか迷ううちに逆に問われた。

「おまえは？　学校行かないのか？」

開きかけた口で、束井は煎餅を齧《かじ》る。ツヤツヤと醤油《しょうゆ》色に光る煎餅は、予想に反してふにゃりと柔らかかった。

義務教育にもかかわらず、学校にはまだ行っていなかった。勉強は仕事の空き時間に合わせてできるよう、家庭教師がついていた。学校は『普通の子』の行くところ。母親はずっとそう言っていたくせに、今になって急に通学させようとしている。不登校もバッシングの対象になっているのを知ったからだ。

『やっぱり好感度を上げるには、普通の子と同じこともしないとね』

束井は行きたくなかった。

今までは行かないのではなく、行けなかったのだけれど、いざ通えるときがきてみると『嫌だ』と思う自分に気づかされた。始業式や終業式、節目だけ何度か行った学校では当然束井の居場所などなかったし、撮影現場で走り回るエキストラの子供たちを眺めているときと同じ気持ちになった。

「このお煎餅、湿ってるね」

誤魔化《ごまか》すように煎餅を齧ると、ちゃぶ台の向こうの少年は呆《あき》れ声で応えた。

「そういう煎餅だろ。おまえ、濡れ煎餅も知らないのか〜」

しけってると思ったが、どうやらそういう食べ物らしい。

駄菓子、クジ引き、湿った煎餅。少年といると知ることがたくさんあった。

永見と店で話すのは気が楽だった。

タレント活動を知らないと言うし、先生や母親みたいに学校に行けとも言い出さない。

束井は雨が降らなくとも茶の間に上がるようになり、ある日、茶簞笥《ちゃだんす》の上のものに気がついた。

「これ……」

茶簞笥の上には民芸品がところ狭しと統一感なく並んでいて、その中に見覚えのある品があった。

高さは三十センチほどの円筒型のランプだ。骨董品のような趣だけれど、背面からは電化製品であるのを隠しもしない電気コードが伸びている。

「そのランプ？　そうまとう……って、確かばあちゃん言ってたなぁ」

ちゃぶ台に向かって座ったまま永見は応え、束井は不思議な呪文のように呟《つぶや》いた。

「ふぁんたすまごりあ」

「え……」

「これの名前、ファンタスマゴリアって言うんだって」

なんとなく語呂が気に入って覚えていた。

回転するランプ……日本語でいうところの回り灯籠《どうろう》、走馬灯だ。

「前に、これと同じのを見たんだ。去年、ポルトガルに行ったときに、お店に飾ってあった」

「ポルトガル……ってどこにあるんだ？」

「ヨーロッパだよ」

「ふうん」

鈍い反応からすると、永見は行ったことがあるわけでも、ポルトガル土産でもなさそうだ。けれど、確かによく似ていた。

永見の両親がどこかで買ってきたものかもしれない。

だとしたら、知らないのも判る。

永見は祖母と二人きりで暮らしていた。両親は車の事故で死んだのだと、幼くて当時をよく覚えていないという永見は、駄菓子を売るときみたいな淡々とした調子で語った。

「そいつ、点けてみるか？」

言われて『うん』と頷いた東井は、ランプをちゃぶ台の上に持っていった。

まだ夕方前だったけれど、窓のない店の奥は真っ昼間でも明かりを消すと暗い。代わりに灯《とも》したランプの光はくっきりと浮かび上がり、シェードが回ると物語を紡ぐ切り絵のように壁や家具や天井を走り出した。

左から右へ。最初は金平糖《こんぺいとう》のような光る星。小さな羽の天使が手を伸ばして追いかける。後へと続くのは星の下のパレード。熊や鹿、蜂《はち》などの森の動物たちが賑《にぎ》やかに練り歩き、さらには三角しっぽのデビルがそれを追う。

デビルは動物たちのように天の星を見上げることもなく、天使の背だけを見ていた。最後に人間の子供が現われる。少年は右手に紐《ひも》のようなものを握っていて、小さな星を引いている。最初に出てきた、金平糖のような星だ。

一周回った走馬灯には再び天使が現われ、その小さな星へと手を伸ばす。

光と影が紡ぐ物語。

ふと見ると、永見の顔の上を少年が走り抜けて行った。光はあらゆるものの上を駆ける。店の棚の駄菓子も、埃《ほこり》を被った雑貨も、見つめる東井の顔の上さえも。

熱も、触れる感触もない。

なのに確かにそこにある。

「綺麗だなぁ」

「え?」

ぽつりと言った永見は自分を見ていた。

星だか天使だかが顔を走り抜けて行ったのだろうと思ったけれど、目が合うと少年は途端に恥ずかしそうに顔を伏せて言った。

「あのさ、そうまとうって、死ぬときに見えるんだって」

「死ぬとき？　死にそうになったらランプが見えるの？」

「ランプじゃなくて、こんなふうに……生まれてからのこと全部が、頭ん中に回るんだってさ」

「へぇ……」

束井は畳に投げ出した装具の左足を無意識に撫でた。死にそうな目ならあったばかりだけれど、走馬灯なんて見た覚えがなかった。

もっとちゃんと大人になったら見えるのかもしれない。でも、生まれてから全部なんて大人には多すぎて大変そうだ。

半分くらいでいいや。束井が思ったそのとき、部屋の奥の戸口から声が響いた。

「スミカ、なにをやってるの？」

姿を現わしたのは、永見の祖母だ。

スミカと呼ばれた永見は、否定もせずに答えた。

「ばあちゃん、そうまとうを点けてみたんだよ」

「ああ、あんたが新婚旅行のお土産にくれた灯籠ね。久しぶりねぇ、綺麗だわ」

祖母はそう応えると微笑んだ。

永見に姉妹はいない。スミカというのは、たぶん母親の名だ。

「じゃあ、友達と宿題頑張るんだよ」

今度はそう告げ、祖母はまた奥の部屋へと引っ込んでいった。

会話はちぐはぐしていた。永見のスカートと同じくらい違和感だ。祖母の消えた戸口を唖《あ》然《ぜん》となって見つめていると、永見がぽつりと言った。

「もっとましなときもあるんだ」

その言葉にぼんやり理解した。

ずっと謎だった永見の服のことも。

祖母の目には、孫がいなくなった娘に見えているのか。

それにしても、娘は新婚旅行にも行った年頃なのに、ちゃぶ台で友達と宿題中とは矛盾だらけだ。そもそも宿題なんてやっていない。

様々な矛盾が転がっていたけれど、祖母の中でそれは宇宙に浮かぶ星のように一つ一つは矛盾なく輝いているのだろう。

「誰にも言うなよ」

少し怖い声になって永見が告げた。

「でなきゃここに住んでいられなくなる。親戚のところとかオレは行きたくないし、ばあちゃん泣いてるとこももう見たくねぇんだ」

永見の姿はその日は小花柄のワンピースだった。いつも微妙に古くさく見えるのは、実際に母親の着ていた服だからなのだろう。

「頼む。おまえとオレの二人だけの秘密だ」

秘密。東井にとって、それは天窓から落ちる以前のように心が躍ったりする言葉ではなかった。

けれど、このとき素直に頷けた。

目の前の少年との間にできた約束事を守りたいと思えた。

二人が歪《いびつ》な心を通わせる間も、走馬灯は止まることなく回り続けていた。天使は永遠に星を拾い上げることはないけれど、デビルに追いつかれたりもせず、ただ静かに部屋を照らす。

「明日、学校に行こうかなぁ」

ふと、そんな言葉が口を突いて出た。


永見には友達がいなかった。

東井にも友達はいなかった。

ワンピースやスカートを着て学校に通う少年がいれば悪目立ちして当然だ。そして、意を決して学校に通い始めた東井もまた、元ゲーノージンとしていつまで経ってもクラスで浮いた存在のままだった。

仕事は引退に追い込まれたも同然で、なにしろそうなったきっかけが日本全国の人間の知るところの落下事件のため、東井には悪いイメージがついて回った。

おまけに親の仕事までもがよからぬ噂を立てていた。

父の仕事は、貧しい人にお金を貸す仕事だ。子供のうちは、東井にはそれのどこがいけないのか判らなかった。『ぎんこう』と同じだ。『ぎんこう』でさえお金を貸してあげない人たちに救いの手を差し伸べるのだから、それは立派な仕事だと思っていた。

一度、母と買い物をしていた街中で、仕事中の父親と偶然会った。

黒塗りの大きな車で、窓にはサングラスみたいなスモークが貼られていた。父の『友達』の車だったらしいが、車からその友達と友達のまた友達である若い男たちがぞろぞろと降りると、歩道を歩く人たちは蜘蛛《くも》の子を散らすように道を開けた。まるで鬼ごっこの鬼がたくさん出てきたみたいに。

『お金のことがなかったら、あんな人と結婚しなかったわよ』

いつだったか、母は女友達にそう零《こぼ》していた。

父は嫌われ者らしい。

そんなだから学校もあまり楽しい場所ではなかった。

「もっと笑えばお友達もできると思うの」

担任の女教師は何度か東井にそう言った。

言われて初めて、いつの間にか笑うのが苦手になっている自分に気づいた。無理に笑おうとすると余計にぎこちなくなってしまい、子供らしくない愛想笑いになる。

『ほらね、あの子はそういう子なのよ。小さい頃から演技することばかり覚えてるから』

職員室で教師たちが話しているのを偶然耳にした。東井は愛想笑いも滅多にしなくなった。スカートの永見に加え、面倒な子供が増えてしまったと担任は思っていたに違いない。

学校は変なところだ。個性を伸ばす教育をと掲げながら、右へ倣《なら》えを尊重する。みんな同じがいい。違っていても、上手に同じ振りをするのがいい。

学校に通い始めて一カ月が過ぎたころ、永見から『あのクジ、当たりが出た。二組の奴が持っていった』と告げられた。学校帰りにいつものように雑貨屋に寄ったときだ。言われてみれば、棚のケースから赤いヒーローフィギュアの姿が消えていた。

「ごめん」

珍しく申し訳なさそうな顔の永見に、東井は細い首を捻った。

「なんで、嘉博が謝るの？」

「なんとなく。てか、だからクジの金でフィギュア買ったほうがいいって言っただろ」

「べつに、いいよ。僕、レイダーマンってまだ観たことないんだ。だからフィギュアあんまりいらないかも」

「はあ⁉　おまえ、なに言ってるんだっ？」

観たこともない番組のヒーロー人形にムキになって毎日欠かさずクジ引き。知らなくとも欲しい気持ちだけは本物のはずだったのに、永見と喋ったり一緒に過ごすうちに、どうでもよく思えてきた。

当たっても、もらってもいないけれど、なにか欲しいものはもう手にしている感じだった。

『本当に観たことないのか?』と問う永見に、どういうものかもよく知らないと答えると、レイダーマンについて詳しく説明してくれた。

「じゃあ、来週から観てみるよ」

他愛もない話がなんだか楽しく感じられた。

束井が素直に『うん』と頷けば、永見はどういうわけかそわそわした様子で、視線を右や左に揺らした。自分が見つめると、時々そんな反応をすることがあった。

「そうだ!」

永見は突然叫んだ。

茶箪笥の引き出しから、紺色のビニール袋に入った雑誌らしきものを持ってくる。近所の古本屋の名前が入った袋だった。

「おまえが言ってたCMの話なんだけどさ。おまえって、本当にテレビに……」

目を輝かせて言う少年を、茶の間の縁《へり》に腰をかけた束井は、店の土間に下ろした足をぶらぶらさせて見ていた。永見が取り出そうとしている雑誌のようなものには、あまり興味がなかった。

束井には確認したいことがあった。

「あのさ、君みたいなの普通の友達っていうのかな」

「友達？」

何故かびっくりした顔をされたので、ちょっと焦った。

「え、嘉博と僕って友達じゃないの？」

「うーん、友達って普通どんななんだろ。オレもいないからなあ」

ふっとなにかに思い当たったように永見の顔が真顔になり、茶の間の縁に座っている細っこい体の束井をまじまじと見た。

「おまえさ、もしかして友達欲しいのか？」

ストレートに問われて恥ずかしくなった。

「いてもいいかなって思うよ」

束井はちょっと見栄《みえ》を張って答えた。永見は笑わなかったけれど、困ったような変な顔をして、その黒い眸で手元のビニール袋を見下ろした。

「それ、なぁに？」

ようやく関心を向けた束井に、しばらく間を置き首を振る。

「べつに、なんでもねぇよ」

「え、そうなの？」

「そうだ、煎餅食うか？　今日はザラメ」

袋から雑誌を取り出す代わりに、永見は初めて見る煎餅を出してきた。名前のとおり表面がザラザラしていて甘い煎餅だ。束井は夢中になってそれを食べた。

永見といるのは居心地がよかった。

永見は芸能活動なんて知らない。束井の生い立ちがどんなでも、父親がどんな仕事でも、気にしている様子はなかった。束井のほうも気にしなかった。ワンピースを着てようと隣を平然と歩いたし、一緒にコンビニで肉まんを買って帰ったりもした。

そんな調子で何度か季節が巡り、小学校五年生の夏に唐突に告白をされた。

脈絡なんてない。そのときはそう思ったけれど、強い風が吹くときには空の彼方《かなた》や海を隔てた大陸でなにかが起こっているように、永見の中になにかきっかけとなる心境の変化はあったのかもしれない。

その頃、永見の祖母は入退院を繰り返していて、転校するかもなんて話も出ていた。

告白は一大事件だったけれど、その後も永見の態度に変化はなかった。

次の日は正直ドキドキして学校に行ったのに、なにもなし。永見が普通だったので、束井も普通にした。翌週も、翌月も。そのうちそれが正しいことに思えてきた。

夏も冬も、春も秋も、ずっと一緒にいるにはなかったことにしてしまうのが最良の選択に感じられた。

人の噂も七十五日なんていうけれど、数年も経てばさすがにどんな噂も沈静化する。中学に入学してからは、東井の過去を知らない者も増えた。それでも、記憶も過去も失われてはおらず、ふとした弾みにいらない顔を覗かせる。

中学二年生。東井は十四歳になっていた。

修学旅行中のことだ。まだ十一月だったけれど、宿泊した奥日光周辺は寒波にでも見舞われたみたいに冷えており、旅館の閉め切った部屋の窓には水滴がいくつも道筋を作って流れていた。

大部屋でもないのに、六人もの男子生徒が押し込まれた部屋。特に親しくもないメンバーの寄せ集めでは、盛り上がって話すような恋バナも怪談話もなく、夕飯の後、風呂の順番を待って敷かれた布団の上でだらだらしていたときだった。

東井の向かいでテレビを観ていた松田《まつだ》が言った。

「こいつ最近よく出てるよなぁ」

テレビ画面に映っていたのは、自分たちと同年代の学生服姿の俳優だ。ホームドラマで、入院中の家族を見舞うシーンだった。

「なんて名前だっけ？　昔っからいるんだよなぁ。そうだ、たしか大瀬良元とかいう……」

「ただの脇役だろ」

永見が言葉を遮った。

一人布団から離れ、壁際に座った男は本を読んでいて、誰かが話しかけても生返事だったにもかかわらず、その瞬間だけまるでずっとテレビを観ていたかのように口を挟んだ。

松田はやや驚いた顔をしつつ応えた。

「けど、昨日の晩もこいつドラマ出てたぞ。こないだなんか小住嶺《こずみれい》ちゃんと共演しててさぁ！　くっそ、大してイケメンでもねぇのに！」

テレビ相手に不貞腐《ふてくさ》れる松田に、友人らが話に乗った。

「子役上がりだから、コネとか事務所の力で仕事もらえんじゃね？」

「けど、こいつ演技力あるって言われてるよな。なんか賞も取ってた気がする〜」

「そうかぁ、俺は大して上手《うま》いと思わないけど……」

松田の反論に、布団にうつ伏せてコミックのページを捲《めく》っていた東井は、ぽろりと独り言のように口にした。

「上手いよ、ちょっと癖があるけど」

実際、独り言のつもりだったのだけれど、向かいの松田には聞こえたらしい。

「なんだ東井、おまえがそんなこと言うの珍しくね？　ドラマとか、興味ねぇって感じなのに」

学校で東井がその手の話題に乗ることはまずなかった。ハイハイ姿の赤ちゃんのときはもちろん、物心ついてからの芸能活動の記憶はほとんど消えてしまっているにもかかわらず、いい気分にはなれないからだ。

背負った天使の羽の重みも、カメラの前の笑顔も、怪我の痛みさえ綺麗に忘れた。

でも、あの瞬間は覚えている。

『元くん！』

叫んで振り返った瞬間に見た、大瀬良の姿。

キャットウォークの上で手摺《てすり》の縁を握り、無表情にこちらを見下ろしていた。

あの子供がなにを思って自分を見ていたかなんて知らない。ただ、ぼんやり違和感として残っているのは、その後に週刊誌に掲載された写真が、キャットウォークから両足が落ち、手摺に懸命にぶら下がる大瀬良の姿だったことだ。

危うく巻き込まれそうになった子供。ショッキングな写真は世間を騒がせ、東井の立場は一層悪くなった。

「べつにドラマは好きじゃないけど……」

背後のテレビから、嗚咽《おえつ》が聞こえてくる。死期の迫った病床の弟に縋る大瀬良の声だ。泣きの入ったシリアスな演技が評判で、某公共放送の朝の連続ドラマ以降、どうやら仕事は増え続けているらしい。

なんにせよ、今の束井にはもう関係のないことだ。どこまで読んだか判らなくなったコミックに意識を戻そうとすると、斜め向かいの布団の赤尾《あかお》が『あっ』と声を上げた。

「そういえば、うちの親が言ってたんだけど、束井って昔テレビに出てたんだって？」

束井は顔は伏せたまま目線だけ起こす。赤尾の姿は半分だけ見えた。後の半分はうざったく下りた前髪に遮られて見えない。

十四歳。思春期のめんどくさい年頃だ。

過剰な自意識は様々な形となって現われる。前髪もその一つで、束井は極力顔を出さない髪型にしていた。目立つ顔のせいで、実際に人からじろじろ見られることも多かった。

『あんた、お人形さんみたいだねぇ』

見知らぬオバサンにまでそんなことを言われるのはゴメンだ。

母親は束井が『普通の子供』になってから、髪型や服装、生活のすべてに口出しはしない。家事も家政婦任せで、夕飯も共にしない日が増えた。自身は習い事に夢中で、ゴルフに絵画にと忙しく、息子への興味はますます薄れる一方だ。

「なぁ、ＣＭとかドラマ出てたんだよな？　結構売れてたんだって？」

突然の赤尾の情報に部屋は色めき立った。

「えー、マジかよ。こんな暗い奴にできんのかよ？」

「けど、エンゼルコーヒーのCMの子供だって」

「ウッソ、そのCMなら覚えてる！　天使とおはよう～♪　って踊るやつだろ？　メッチャ流行《はや》ったわ。なんだよ束井、そうならそうと早く言えよ～」

「知らねぇよ。俺はもう関係ないし」

急に馴《な》れ馴《な》れしくなった松田の言葉にも、束井はむすりとした表情を崩さずに応えた。

「またやればいいじゃん。どうせならジョニーズ事務所に入れよ。ジョニーズならほら、小住嶺のサインだってもらえる可能性も……」

「バカバカしい」

自分でも驚くほど苛立った声が出た。

「自分でアイドルにでもなんにでもなればいいだろ。ああ、おまえじゃ無理なのかもしれないけど」

「なっ、なんだと？　テメッ、人が話し合わせてやってりゃ調子に乗りやがってっ！」

合わせてもらった覚えはない。けれど、それを口に出す間もなく、束井の伸びた前髪はふわりと宙に浮いた。読みかけのコミックがページを押さえていた手を離れて吹っ飛ぶ。壁際まで飛んだ本の行方《ゆくえ》を見ることもなく、束井は布団に転がされていた。

制服のシャツの襟元を摑まれ、ぎゅっと目を閉じる。

ゴツッと鈍い音がした。

音はしたのに衝撃はやってこなかった。

恐る恐る目を開くと、胸元に拳を抱えて蹲《うずくま》る松田と、壁際に座っていたはずの永見の姿があった。

「イテーッ‼　永見テメッ、変なとこ割り込んできやがって、手首捻ったじゃねぇか！」

「俺だって痛いよ」

とても殴《なぐ》られた男とは思えない平坦《へいたん》な口調で永見は言い、ぶるっと濡れた犬のように頭を振った。

「東井、大丈夫か？」

「あ……う、うん、まぁ」

布団に一人転がったままの東井は気まずく身を起こす。

永見が庇《かば》ってくれるとは思わず、びっくりした。素《そ》っ気《け》ないように見えて、いざとなったら飼い主を守る忠犬みたいなやつだな……なんて感じたけれど、周りの反応は違っていた。

「なんだよ。なんでおまえが出てくんだよ、気持ち悪ぃな！」

「気持ち悪い？」

「いつもベタベタ一緒にいて気持ち悪いじゃん、おまえら」

一緒にいることは多いが、ベタベタした覚えはない。趣味も違うから、隣にいるだけで会話もなく、お互いに興味のない本を読んだりゲームをしている時間も長かった。

「俺はべつに……」

東井が口を開きかけると、赤尾がまた余計なことを思い出したらしく言った。

「そういや、南小《みなみしょう》のとき、永見って学校にスカート穿《は》いてきたりしてたよな」

中学校は詰襟《つめえり》の制服だった。祖母は病気で入院していることもあって、永見がスカートやワンピースを着ることはなくなっていたものの、小学校時代を知る者なんて百害あって一利なしだ。

「まさか、本当にホモってたんじゃねぇだろうなぁ〜?」

からかう言葉に、永見はあっさりと応えた。

「好きだったけど、振られた」

「……は?」

「南小のときに、こいつに好きだって言ったけど、ホモは嫌だって断られた。俺が今好きなのは、バスケ部の北川《きたがわ》先輩だな」

突然のカミングアウト。同性に興味があることは知っていたはずの東井ですら、こうもいきなり持ち出されては驚く。

それに、ほかに好きな人がいるなんて、初耳どころか気配すらなかった。

「北川先輩って……」

「いるだろ、三年に目立つ背の高い人。カッコイイよな、あの人さ」

自身の恋話をしているとは思えないほど熱のない口ぶりで、永見は束井の疑問に応える。件の先輩は校内では結構な有名人で、束井もすぐに姿は思い浮かんだけれど、そんなことはどうでもよかった。

「おいおい、ちょっとマジかよ。永見、おまえマジでホモなのかよ⁉」

松田もほかの三人も本気で引いている。

「ちょっ、嘘だろ！　俺、布団隣なんだぞ！　襲われたらヤだし！　誰か、場所変わってくれよ！」

「嫌だよ、俺だって隣はゴメンだ！」

まるで室内に毒虫でも現われたような騒ぎだ。元のいざこざが束井の子役時代の話だったことなどみんな完全に忘れ、永見の隣の男は少しでも布団を引き離そうと引っ張り始める。ギャンギャンと捲《まく》し立てる四人を尻目《しりめ》に、当の本人だけが冷ややかに返した。

「悪いけど、誰でもよくはないから。ゲイでも相手ぐらい選ぶのは当たり前だろう。ああ、隣に先輩連れてくるって言うなら判らないけど」

開き直りも甚《はなは》だしい。そう指摘できるほど頭の回る者はおらず、一瞬部屋はシンとなった。

松田が悔し紛れに言った。

「冗談真に受けんなよ。マジ絡《から》みづれぇやつ」

そうこうしているうちに風呂の順番の時間がやってきて、永見の問題発言はうやむやになった。妙な空気のまま部屋を出て、ぞろぞろと離れの先にある風呂場に向かった。

話は収まったとはいえ、松田たちがこのまま黙っているとは思えない。すぐにクラスの連中に面白おかしく話すに決まっている。

周囲の雑言《ぞうごん》なんて、まるで相手にしない永見だった。からかわれたところで、飄々《ひょうひょう》とかわすつもりなのかもしれないけれど、それにしてもと思った。

言わなければいいだけのことだ。

何故、あのタイミングでわざわざ話したりしたのか。

「バカじゃねぇの」

聞こえなかったのか、先を行く永見は振り返らない。東井は胸に抱えた着替えのジャージとタオルを、無意識に強く抱いた。旅館の中庭は灯籠風の外灯が並んでいるものの、足元以外は暗かった。

先を行く松田たちの騒がしい声が遠く聞こえる。すぐ目の前を歩く永見は無言で、東井は制服のその背をじっと眺めながら歩いた。

ほんの少しだけれど、自分より背が高い。

ずっと同じだと思っていたのに、いつの間にか差がつき始めていた。

殴られそうになって、庇われた瞬間のことが頭を過ぎる。

もしかしてと思った。

もしかして、カミングアウトの内容なんて嘘で、自分を助けるための作り話だったんじゃないか、なんて。

だって、永見は――

「なぁ、先輩っていつから好きだったんだ？」

想像とは裏腹に、永見は淀《よど》みなく応えた。

「去年の秋」

「……って、一年のとき？　おまえバスケ部じゃないし、話す機会なんかないだろ？」

「スポーツ大会があったろ、それで二年のクラスとチーム組んだじゃないか。大したことじゃないんだけど……あんときボール拾い集めて片づけるの手伝ってくれたんだ。二年はやらなくていいのに、わざわざ残ってさ。先輩優しいなって」

ささやかだが、今用意したとは思えない答えだ。

何故だか急に気持ちが萎んでしまったみたいに気落ちしている自分がいた。

「なんで……」

開きかけた口を噤《つぐ》んだ。思わず足まで止めてしまい、先を行く男も気づいて怪訝《けげん》そうに振り返る。

「東井？」

　自分のことを好きだと言ったのは四年前だった。たったと呼ぶには四年は大きい。中学生の東井にとってはとてつもなく長い長い時間で、なのに自分ではない誰かを好きだと言い出した永見に『どうして』と思った。

　確かめる機会はなくとも、永見はまだ自分を好きなのだと勝手に信じていた。

　あの日のことをまた思い出す。

　自分を好きだと言ったのに。

　前は自分のことを——

「あっ、あのさぁ、おまえってもう……」

　なにを問うつもりだったのか。やや前のめりになりながら言おうとしたそのとき、強い風がビョオッと吹き抜け、長く伸ばした前髪を揺らした。顔が露出するのを避けようと、あたふたと髪を押さえる東井に永見は言った。

「おまえ、前髪切ったほうがいいぞ。知ってるか、おまえにはタレントの噂だけじゃなくて、ヅラ疑惑がある」

「……はぁ⁉」

「ヅラの部長みたいに風が吹く度に押さえたりすっからさ」

「どこの部長だよ。俺はヅラじゃない」

「うん、知ってる。六年の付き合いだからな」

永見は微かに笑った。

前髪を両手でぺたりと押さえたまま、束井は尋ねた。

「なぁ、おまえさ、先輩に告白したりすんの？」

それだけを問うのがやっとだった。

消え入りそうな自分の声よりも、星のほうが煩《うるさ》いほどに頭上で瞬《またた》いていた。


あのときああしていなければ、あのときこうしていたなら。走馬灯など回さなくとも生きていれば思い返すことはたくさんある。

あの夜、風が吹いてなかったら、自分はもっとなにか言えただろうか。

あの晩がもっと穏やかで、星が煩く瞬いていなかったなら——

永見は結局、先輩には告白をしなかった。

冷静に考えたら、たとえしたところで永見の恋が実る確率は地を這《は》うほど低かっただろう。

可愛い下級生の女子でもなければ、『ブサイクだけれど気のいい女子』ですらない。永見は男だ。束井が小学五年生のときにした返事よりも、もっと辛辣《しんらつ》な言葉が返ってきてもおかしくなかった。

けれど、世の中にゲイは永見しか存在しないわけではない。

中学を卒業して高校に入学すると、永見は急にモテるようになった。クラスでも目立つほどに伸びた身長。体軀《たいく》は男らしさを増し、顔つきからもあどけなさが削《そ》ぎ落とすみたいに抜けていった。

高校は男子校と間違う人もいるほど、女子が少なかった。男女比率がおかしいせいか、永見を好きだと言って憚《はばか》らない男が自然と出てきて、モテ男と化した永見は気づけばいつも誰かと付き合っていた。

正直、意外だった。

そんなに男がいいのか。中学の一件でもう判っていたはずなのに、束井には男と交際する永見に違和感を覚えて仕方がなかった。

じゃあ女であれば納得できたのかといえば、相手が異性でも同じだった気もする。ショートケーキに餡子《あんこ》でものっかったみたいなミスマッチ。恋愛する永見というのが想像しがたいのだろうと自己分析した。

しかし、分析がどうであっても現実に恋人がいる。他クラスや下級生の『彼氏』が放課後は永見をいつもさり気なく待っていて、一緒に帰っていく。

束井はその姿をよく教室の窓から見送った。帰り道で一緒になるのはごめんだ。だから、先に帰りそびれたときは教室に残って、永見と誰かの姿が十分に遠《とお》退《の》くのを待った。

永見はきっと友人にそんな不便を強《し》いているなんて、思いも寄らなかっただろう。

一度だけ、なんの弾みにか永見がふっと校舎を振り仰いだことがあった。教室のガラス窓越しに目が合ってしまい、その瞬間自分でも驚くほど狼狽《ろうばい》したのを覚えている。

永見は手を軽く振ったのに、束井の手は石みたいに強張って動かなかった。自分がなんだかとてもひどい顔をしていたように思えて、以来窓から眺めるのはやめた。

二年生も終わりに差しかかるまでずっとそんな感じだった。

ある日、いつものように放課後の教室に残ったときだ。

束井は居眠りで取り損ねた六時限目の世界史のノートを、時間を潰すにはちょうどいいとばかりに、机で書き写していた。

誰かが教室を出入りする度、冬の冷気が戸口から入ってくる。教室にはもう三分の一ほどの生徒しか残っておらず、机に向かって一心不乱で作業をしているのは束井ぐらいのものだった。シャープペンシルを休むことなく動かし続け、ページを捲るほど書き綴《つづ》ったところで、解読しづらい文字が出てきて口を開いた。

「……なぁ、これって一五一八年？　六八年？」

背後の席の、ノートを貸してくれたクラスメイトがまだいるものと思っていた。

「なにがだ？　ああ……オランダの独立戦争ならたしか一五六八年だ」

降ってきた予想外の低い声にびくりとなる。

振り仰ぐと、そこにいないはずの男が肩越しにノートを覗き込んでいた。

「よ、嘉博……急に耳元で話しかけるなよ、びっくりするだろ。わ、和田《わだ》は？」

「和田なら廊下ですれ違ったけど……帰ったんじゃないか。世界史のノート、おまえ取ってなかったんだ？　言えば貸したのに」

「ああ、さ、先に和田が貸すって言ってくれたから……つか、おまえまだ帰ってなかったのか」

「進路のことで、職員室で担任とちょっと話してたから」

「ふうん、そうなんだ」

「おまえのことも訊かれたぞ。東井はどうするつもりなんだって」

進路希望の調査票を真っ白で提出してしまったばかりだから、担任に問い詰められても不思議はなかったけれど、相手がおかしい。

「なんで俺のことをおまえに訊くんだよ」

「仲がいいと思われてるからだろう」

「べつにそんな……普通なのに」

妙に自分の声が上擦《うわず》っている気がした。

永見の低くなった声も慣れない。人並みに中学で声変わりを迎えたはずの男は、高校に入ってぐんと身長が伸び、同時に声も大人びてさらに低く艶《つや》を帯びた。

耳元で聞かされると、背筋を伸ばしたくなるというか、体のどこらへんかが反応してざわっとなる。

「つか、顔近いって。おまえデカいから圧迫感あんだよ。声もなんか、怖ぇーし」

東井はその美少年顔に似合わない乱暴な口調で言った。東井もまたそれなりに身長も伸びて大人へと近づいていたが、整いすぎた顔立ちの印象に変化はない。

変わったのは一層斜《はす》に構えるようになったことぐらいだ。

「好きでデカくなったわけじゃない。ノート、もう終わるなら一緒に帰らないか？」

「え、珍しいな。今日は誰も一緒じゃないのか？　新しい男は？　ほら、ひら……」

ヒラメみたいな顔と言いかけて言葉を飲む。ヒラメは一般的に褒め言葉ではないだろう。

一度だけ近くで見た新しい『彼氏』は、童顔の結構可愛い男だったけれど、少し離れ気味のつぶらな眸で自分を果敢に睨みつけてくるから、その目の印象ばかりが頭に残った。

恋人も男、友人も男。全部男で間に合うのは、シンプルなようでいて関係がややこしい。

新しい男のヤキモチを知ってか知らずか、永見はさらりと応える。

「あいつは今日はバイトが入ったんだって」

「ふうん……じゃあまぁ、帰っか」

「なんだその嫌そうな反応は。おまえさ、もっと嬉しそうな顔できないのかよ」

「俺はいつもこんな顔だよ。知ってるだろ」

嬉しいときも哀《かな》しいときも、さして表情は変わらない。中学のときについたあだ名はマネキン。面と向かって言われたことはないが、修学旅行のあと、松田たちが陰でそう呼んでいたのを知っている。

束井は帰り支度を始め、荷物をまとめてコートを羽織ると一緒に教室を出た。

「なんか久しぶりだな、おまえと帰るの」

昇降口を出る際、永見が嬉しそうに言うのでもぞもぞしてしまった。耳元で話しかけられたわけでもないのに、体のどこかがざわついて落ちつかない。返事の代わりに、『寒くなったなぁ』なんて天気の話題に触れた。

実際、年が明けたばかりの街には寒風が吹き抜けており、束井は制服の紺のピーコートの前を掻き合わせ、片手でボタンを留めながら歩いた。

「束井、暇ならコレットに寄ってかないか?」

「コレット?」

「ああ、晩飯にさ。最近客が少ないみたいで、家賃が滞りがちだって叔母《おば》さんがぼやいてたから」

コレットは雑貨屋兼住居だった祖母の家をリフォームしてできた洋食レストランだ。永見の祖母は中学を卒業する前に他界した。まだ未成年の永見は親戚の家に居候することになり、店は店舗として人に貸すことになった。

「まぁ俺が食いに行ったところで焼け石に水ってやつなんだろうけどさ。どうだ？」

「行くのはいいけど……ごめん、今日は無理かな。約束ある」

「ああ……美容師の彼女か」

「べつに彼女じゃないけど……」

なんとなく声は尻すぼみになった。

夏の終わりぐらいから、東井には時々会っている女がいた。四歳年上で、ヘアサロンに勤めている。駅前でカットモデルをしないかと声をかけられたのが、知り合うきっかけだった。向こうから何度かメールがやってきて、迷惑でもなかったから会うようになった。東井も年頃で、人並みに異性に興味があった。

そのブラウスの膨らみの下はどうなっているのか。スカートの内にはどんな秘密が隠されているのか。思春期の男の考えることなんて皆そんなことばかりで、むしろそうでなければ『普通』ではないレッテルを貼られそうな気さえした。

「彼女じゃないって、まだ付き合ってないのか？　けど、やってんだろう？　こないだ和田たちとそんな話してたじゃないか」

「……品がないな。おまえには言われたくねぇよ」

ムッツリなのかオープンなのか判らない男だ。しらっとした顔で問う永見に、東井は見るからにむっとした表情で応えた。憮然《ぶぜん》としたのは品のなさが気に入らなかったからではなく、実のところクラスメイトには見栄を張っただけで、まだそういう関係にはなっていないからだ。

今一歩踏み出せなかった。セックスのやり方ならインターネットで調べてみたりもしたけれど、『うわぁ』と引いてしまうばかりで、自身がそれをするという実感が伴わない。

「美容師って可愛い子か?」

「うーん、そんなにすごい可愛くもないけど、よく喋るから話しやすい」

「そうか、ならよかった。楽しいのが一番だからな」

東井は隣をちらと見た。

「……おまえってさ、なんで時々そう上から目線なの」

「上から?」

「なんか俺の保護者みたいな喋り方するときある」

「おまえがいつもぶすっとしてるから、心配になるんじゃないか?」

「……それもおまえには言われたくない」

永見だって愛想がいいほうではない。自覚があるのかないのか、改善する気もなさそうな男は、反論をさして気に留めた様子もなく風に揺れる東井の髪を見た。

「美容師の彼女がいるなら、少し切ってもらったらどうだ」

「まだ見習いだって言うし、冬に切ったらさみーじゃん」

歩調を緩めた男が、こちらをじっと見つめた。

「な、なに？」

不意に額の辺りに伸びてきた手に、心臓が弾む。

「いや、富士額でも隠してんのかと思って」

「ふじ……？」

「生え際がM字になってるやつだよ。昔ばあちゃんがヅラの似合う生え際だって言ってたな」

「俺、ヅラなんかかぶってねぇし」

「そっちのヅラじゃなくて、ほら時代劇とかのカツラのほう」

「だったら最初からそう言え。紛らわしいんだよ！」

いつの時代も、毛髪は男のデリケートな問題だ。言い返したものの、会話のくだらなさに噴き出しそうになる。

出そうで出ないくしゃみみたいだ。長年の付き合いのせいか、永見といると自然に笑みを零しそうになるときがあった。

隣を窺うと、早くも沈まんとしている冬の太陽が男の横顔を照らしている。

淡い橙色《だいだいいろ》。走馬灯の光みたいな色だ。

なんでもない光景なのに、もしかしたら今を自分はずっと覚えているかもしれないなと思った。記憶とは不思議なもので、大きなはずの出来事よりも、些細《ささい》な一瞬がいつまでも思い返すほどに残ったりする。

一見、他愛もないことでも。

「嘉博」

「ん？」

「夕飯さぁ、やっぱ……」

駅はもうすぐそこだ。

今夜の予定、やっぱり変えてしまおうかなんて思いかけ——突然、息を切らした声が聞こえた。

「よっちゃん～！」

振り返ると、坂道を転がるような勢いで駆け下りてくる男の姿が見えた。

手を振って叫んでいるのはヒラメだった。

「おい、よっちゃんっておまえか？」

「うん、まぁ……そうみたいだな」

東井の呆れ声に、永見はさすがに決まりが悪そうに応えた。

「今日、バイトなくなってさ～！　一緒に帰ろ？」

追いついたヒラメは言った。その視線は背の高い男だけに向けられており、断られるとは微塵《みじん》も思っていない眼差しだった。

その晩、束井は美容師の彼女のエイミと会った。

永見とは結局駅に着いたところでそのまま別れ、約束にはまるで支障はなかった。なんとなく入ったのはいつものファミレスだ。腹も減っていて、がっつり食べようとミックスグリルを注文したのに、半分も食べないうちからフォークを動かす手は鈍った。

「ねぇ、艶くん」

話に耳を傾ける意識もだ。窓際席でぼうっと暗い通りを見つめた束井に、エイミはふくれっ面をしていた。

「ねぇってば！　艶くん、さっきから話聞いてくれてる？」

「あ……うん、聞いてるよ。昨日のドラマのことだろ？」

「もお、それは終わってるし。今のはサロンの先輩のこと！　艶くんに会ってみたいんだって」

話の途中をまるで聞いていなかったが、その一言でおよその見当はついた。職場であれこれと自分のことを語っているのだろう。なにしろエイミはよく喋る。

束井は自分についてあまり語っていないにもかかわらず、何度か会うだけで、彼女の家族構成から友人知人まで覚えた。そのお喋りに辟易《へきえき》しないこともないけれど、一人暮らしのエイミは、たまに食事をするにはちょうどいい相手だった。

東井の母親は相変わらず出歩いてばかりで、高校に入ってからは家政婦もいなくなり、食事は弁当や外食が増えた。生活に十分な小遣いはもらっていたし、時間の自由も利くから特に不満はない。

けれど、周りにはそうは見えないらしい。

「艶くん、今日は一段と難しい顔してる」

エイミはいつも東井の顔が好きだと言うくせして、薄幸そうだとも言った。

「え……そう？　なにも考えてないけど」

「どうかなぁ、壊れそうなものばかり集める十代じゃない、艶くんって」

「なにそれ」

「歌の歌詞。十代がガラスでどうとかっての。こないだテレビで流れてたんだよ、懐かしの曲でさ。観てない？　あたしも詳しくは覚えてないんだけど、妙に頭クルクル回るんだよね。だってスケート靴履いて踊るんだもん、すごくない？」

「なんでスケート靴履いてんの。フィギュア？」

「そっちじゃなくて、ローラースケートのほう！　歌だって言ってんのに」

『ああ』と東井は納得はしたものの、何故スケート靴で踊るのかという疑問はぼんやり残された。視線を窓辺に戻しつつ、ローラースケートの歌に思いを馳《は》せる。

「でね、先輩なんだけど～」

ふりだしに戻ったらしい話を耳に、東井は目を瞠らせた。

外の歩道を二時間ほど前に別れた男が過ぎって行く。長身の男の隣には、つぶらな眸の男も並んでいた。

こちらに気づく様子もない二人の会話は、窓に隔たれ聞こえない。けれど、ヒラメの嬉しそうな顔からして、永見とそれなりに楽しい話でもしているのだろう。

こんな時間からどこへ行くのか。制服から解放された私服姿で大胆になったヒラメがしっかりと繋《つな》いだ手が、横断歩道のほうへと歩き去る瞬間に見えた。

男同士で恥ずかしげもなくカップル繋ぎ。見たくもないものを目にした瞬間、東井の頭にはろくでもない考えが浮かんだ。

またワンピースを着ればいいのに。

そうすれば永見はモテない男に逆戻りだ。自分しか友達もいなかった頃に返る。

他界した祖母のことが頭を過ぎり、ろくでもない自身の考えを東井は恥じた。

きっと幼稚な嫉妬心《しっとしん》だ。永見が唯一の存在であった時期が長すぎ、後遺症のような発作に見舞われる。

「艶くん?」

ガラスの十代である東井は虚ろになった目を、ファミレスのテーブル越しの女に向けた。

「聞いてるよ」

「そ、そう？　でね、先輩も一度切ったらいいのにって。イケメンが顔隠すのは社会の損失なんだって、大げさだよね〜」

どうやら髪型の話らしい。カットモデルで声をかけてきたときもそうだったが、束井の無造作に伸ばした前髪を彼女はもったいないと度々言う。

いつもは嫌だと速攻で拒むのに、このときはどうしてか話に乗った。

「いいよ。エイミ、切ってくれる？」

「えっ、あたしでいいの？　見習いだよ、あたし」

「うん、そのかわりタダな」

「えー、まぁいいけど……じゃあサロン行く？　お店、まだ開いてる時間だから大丈夫だよ。あっ、べつに今日じゃなくても……」

「エイミの家がいいよ。ダメ？」

束井はテーブルに身を乗り出し、にっこりと笑んだ。あともう数年で二十歳《はたち》だ。いつまでも子供ではない。作り笑いくらいは上手にできる。

エイミは頬《ほお》を染めて声を上擦らせた。

「だ、ダメじゃないよ。そうしよ！　うん、うちにおいでよ」

店を出るときエイミがさり気なく手に触れてきたので、そのまま握り返した。夏でもないのに、ちょっと湿ったような手だった。ふにゃりと柔らかかったから、そんな風に感じてしまったのかもしれない。

永見の手はどんなだったかなと、ふと思った。

考えてから、手を繋いだりしたことがないのに気づいた。十年近く一緒にいるのに、手の感触も知らないのは奇妙な気がしたし、同時にどうして触れたこともない永見の手と比較しようとしたんだろうと不思議に思った。

エイミとはその晩セックスをした。

髪を切ってもらって、遅くまで部屋で喋っていたらそんな空気になった。家に行った時点でそうなるんじゃないかと予想していたから、べつに焦りはしなかった。

身構えていたよりもセックスは簡単だった。柔らかい体を探るのはコツが必要だったけれど、挿《い》れてしまえば気持ちいいからなにも難しいことなんてない。

射精を目指して腰を振りながら、途中から永見のことを思い出した。

永見もこんな風にヒラメやその他とセックスをしているのか。相手は男だけど、きっと気持ちいいのはそんなに違わない。それとも自分が判らないだけで、永見はもっとすごいセックスでもするのか。

考えすぎて頭がぐるぐるした。ぐらぐらと気持ちが悪いのに、体は気持ちいいという変な状況だった。

これって普通じゃないのかなと思ったけれど、まぁいいやと開き直った。

結果オーライだ。エイミは終わった後もベッドの隣で満足そうにしていたし、東井も童貞を卒業するという男の一大イベントをつつがなく終えることができた。

エイミとは、それから何度か家に遊びに行きセックスした。でも恋人にはならなかった。誘われるまま勤め先の美容室に行ったところ、話に上っていた先輩が自分に一目惚《ひとめぼ》れしてしまい、ややこしいことになったからだ。

髪を切っただけで東井は必要以上にモテるようになった。ナンパもよくされるようになったし、学校の前で他校の女子が並んで待ち構えているなんてことも度々あった。『まるでゲーノージンだな』と元芸能人の東井は思った。

特別嬉しくはなかったけれど、食事の相手に困らなくなったのはいい。放課後はいつも誰かと会うのに忙しいから、永見と『彼氏』が帰るのを見送ることもなく教室を飛び出した。

気がついたら、セックスの最中も永見を思い出すことはしなくなっていた。

「まだ進路調査票を白紙で出してるんだって？」

もう何度目か判らない言葉を永見からかけられたのは、陽だまりの中庭を校舎の窓から見ているときだった。

うららかな春。桜はもう終わってしまっていたけれど、昼休みには窓辺でぼうっと空気の暖かさを感じるのが心地いい季節だ。

「なんでいつもおまえに言うんだよ。担任の守秘義務はどうなってんだ」

廊下で並び立った永見に、束井はいつもの呆れ声を出して応えた。

三年になると、のんびりした校風が自慢の学校の生徒たちも、さすがにうかうかしてもいられなくなってくる。

「文句があるなら担任に言えって言ってるだろ。おまえのこと気にしてんだよ。つか、さりげなく俺を通じてプレッシャーかけてるのかもな」

「大学には行こうとは思ってるけど……理系はちょっと無理だし、無難に文系ってのも高校と同じで流れに乗っかってるだけみたいだなって」

「束井、おまえって……やりたい仕事とかあるのか？」

両肘を窓枠にかけた姿勢のまま、束井は首を捻って隣の男の顔を仰いだ。

問われて初めて、幼馴染みにもかかわらず、将来どういう職業につきたいかなんて話したことがないのに気づいた。

大学進学を決めるより本来はそっちが先だろうに夢がない。誰もかれもが、いかに安定した収入を得られるかのほうが重要になってしまっているような時代だ。

「それがあったら迷いもないんだろうけどな。嘉博、おまえは？　大学卒業してどんな会社に就職したいとかってあるの？」

　永見の希望は想像がつかなかった。拘《こだわ》りなんてあるようでなさそうな男だ。無難に公務員とかになって、淡々とお役所仕事をするのもいいが、技術職や研究職で黙々と作業なんていうのも似合いそうだ。いずれにしろ、チームでの仕事は無理だろう。

　なんとなく訊いただけのつもりが、固唾《かたず》を飲んで返事を待つ。

「就職はどこでもいいかな」

　身構えただけに、がくっとなった。

「なんだやっぱりそっちか」

「そっちって？」

「いや、なんかおまえらしい拘りのなさだなって」

「給料がいいに越したことはないけどな。できるだけ早く金貯めたいし。また改装するってなると、費用もだいぶかかるだろうから」

　続いた永見の言葉に、束井は意味が判らず首を捻った。

「え、なんの話だ？」

「話してなかったか？　いつか店をやりたいと思ってるんだ。今は人に貸してるけど、ばあちゃんの家は譲ってもらう予定だから」

「店ってなんの？」

「雑貨屋はもう厳しいだろうし、レストランにするのにせっかく水回りを整えてるから、飲食店がいいと思ってるんだけど……実はまだそこまで具体的に考えてない」

急にトーンダウンする。あまりにも漠然とした目標で、これでは小さな子供が食べ物屋さんになりたいと言っているのと変わらないと思ったのか、永見は視線を泳がせた。

居たたまれないと言いたげな、らしくもない表情に、束井は気が緩んでくすぐったくなった。

「なんだ、まだ決めてないのか。ラーメン屋とかどうだ？　寿司屋は？」

「適当言うなよ、おまえが食いたいだけだろ。ラーメンなんて、食うのは簡単だけど味を生むのは並大抵じゃないぞ。寿司は修業が必要だろう」

「クルクル回るやつでいいじゃん」

「束井、回転寿司を舐めるなよ。まったく、他人事《ひとごと》かと思って……」

溜め息をつく男にすかさず突っ込む。

「だって他人事だろ？　俺とおまえ、血も繋がってないし、ただ長く近くにいるってだけだし」

「友達だろうが」

まるでそれは途方もなく特別なことのように永見は言い切る。

「おまえが友達になりたいって言ったんだろ、艶」

念を押されても、そんなこと言った覚えがなかった。友達がいたらいいかも、くらいは言ったかもしれないが、自分がそんなに積極的にお願いするとも思えない。

面喰《めんく》らって見返すと、永見はさっきの決まりの悪そうな顔ではなく、どこかもどかしげに視線を逸《そ》らした。目線の先を追って見た中庭では、陽だまりの光が揺れている。

「けど、安心した」

暖かそうな光を見つめ、束井はぽつりと零した。

「なにが?」

「おまえもなんにも考えてないのが判って」

「考えてる」

「それは考えてるんじゃなくて、夢見てるっていうんだよ」

「ひどいな、馬鹿にしてんだな」

「馬鹿にはしてないよ。ただ人は人の不幸に安心するときもあるってことだ」

「不幸ってなんだ、俺はまだべつに失敗したわけじゃないぞ」

顔を見ると判りやすくむっとしていた。ムキになる永見なんて珍しい。それだけ将来の夢が、まだ輪郭《りんかく》ははっきりしないながらも本気だからだろう。

嬉しいと感じた。

他人事なのに。

「俺もなんにも考えてないから安心したんだよ。まだ好きに夢見てもいいのかなって思えたっていうか」

「艶？」

「やってみたいことなら、なくはないんだ。おまえよりずっと漠然としてるけどさ……俺はここを出てみたい」

遠くへ行きたい。今とは違う世界に行きたい。誰もが時折望むことだけれど、東井のそれは子供の頃の思い出が影響していた。

小さい頃、子役として有名だった東井はどこに行っても人に声をかけられた。それが嫌だったわけではないけれど、あの事故の後は心無い言葉を直接ぶつけられたこともあった。

両親と行った海外では誰も東井を知らなかった。ただの子供として扱い、一万円ほどのファンタスマゴリアを、お店のお姉さんは『大人になったら買いにいらっしゃい』と言った。

「留学とかしてみたいって言ったら、笑うか？」

東井はそろりとした声で尋ねてみる。

永見は笑わなかった。

返事の代わりに、指先で東井のよく見えるようになった額をちょんとついた。

開放した窓の外を抜ける緩やかな風が、不意のことに子供っぽくきょとんとしてしまった東井の頬を撫でる。

押された感触はくすぐったかった。指先が触れただけのことなのに、至極特別な感じがして、後から鼓動は高まってきた。

「嘉博、なんかおまえといると……」

胸がざわざわする。

時々苦しくなる。変なこともいっぱい考える。

けれど、全部嫌じゃない。そんなふうにつまらないことで心がざわつくのを、嬉しいと感じる瞬間がいっぱいある。

なぁ嘉博、思うんだ。

おまえといると、もう一度自分も笑えるんじゃないかって。

◇　星影のパレード　◇

同窓会の店を出ると、外はけぶるような雨が降っていた。

昼は持ち堪《こた》えたかと思えば、夜はまた雨。梅雨らしい天候だが、雨のおかげか蒸し暑さは幾分和らいでいる。躊躇《ちゅうちょ》なく店の軒下を出て、スーツの濡れるまま束井は路地を歩き始めたが、電柱一つ分も行かないうちに再会したばかりの男が追ってきた。

「待てよ、束井！」

座敷はトイレに行く素振《そぶ》りで離れた。そっと飲み代を渡した山本は永見が遅れて来るのを知っていたらしく、『なんで黙ってたんだ』と問えば、『束井くん、仲良かったから知ってるのかと思って』とどこかよそよそしくなった声で応えた。

確かに永見とは親しくしていた。まさか十年も会わずにいるとは、周囲に思わせない程度には。

「ほら、傘」

すぐに追いついた男は、紺色の傘を差し出してくる。

反射的に煩《わずら》わしげな声が出た。

「べつにいい」

「濡れるだろう」

濡れて困るような体ではない。

二十八年稼働して薄汚れたポンコツだ。本音だったが口にする気はなく、ただ無反応になる。永見はポンコツを傘の中に取り込んだまま隣を並び歩いた。

「店に戻らないのか？　永見、おまえ来たばっかりだろ」

「俺は用は果たせたし。もしかしたら、おまえが来るかもしれないと思ってさ。見込み薄いと思ってたんだけど、来てみるもんだな」

見なくとも笑ったのを息遣いで感じた。長身で、自分より十センチほど背の高い男。左側を歩くその距離感も声も、あの頃のままだ。

覚える懐かしさをどうしたいのか自分でも判らず、東井はぶっきらぼうな調子で応える。

「間違えて出しただけだ」

「え？」

「人に頼んだら、葉書の出欠間違えたって言うからさ。出ないわけにもいかないと思って……」

今度は永見ははっきりと笑い声を立てた。

傘が大きく揺れ、水滴がぱらぱらと舞い散る。

「変わってないな。変なとこ律儀《りちぎ》っていうか……その間違えたって奴に感謝しないとな」

「おまえさ、なんでそんなに普通に喋ってんの？」

東井は違和感を覚えていた。

十年の月日は長い。なのにまるで、あの通い慣れていた学校から駅までの道程《みちのり》を歩くみたいに喋っている。

相変わらず捉《とら》えどころのない男だ。顔だけをいうなら、結構な男前だ。背も高いし存在感がある。けれど、ふわふわ浮いた雲みたいに永見という男はつかみ難《にく》い。

言葉にしない東井の感想を否定するように、永見は口を開いた。

「平然とはしてない。いきなり音信不通になられて、おまえに会ったら言ってやろうと思っていたことはたくさんある。少なくとも俺は友達だと思ってたからな。けど、十年も経ってしまって、怒る気力も失せたっていうか……おまえだって、今更ケンカ吹っかけられても困るだろう？」

「まぁな」

「どうして連絡くれなかったんだ？　おまえが留学先の大学やめたって知ってから、ずっと待ってたんだぞ」

「連絡ね……」

実のところ、一度も連絡を取ろうとしなかったわけではない。アパートの前まで訪ねたこともある。けれど、それを告げる気は毛頭なく、もっともらしい理由だけを口にした。

「『大学中退して街金やってます』なんて言いづらいに決まってるだろ」

「そんなことぐらいで……金貸しって親父さんの跡を継いだんだよな？」

「……留学中に急に戻って来いって言われてな。親父、倒れて入院したんだ」

不本意にも会社を継ぐことになったのは、アメリカへの留学中だった。病に伏した高齢の父親に懇願され、会社を手伝うことになった。病状は思いのほか悪く、父はそのまま一年持たずに帰らぬ人となった。母親は趣味の絵画教室だかゴルフサークルだかで知り合った男と浮気しており、父が死んで半年後にはもう再婚していた。

「親孝行だったたな」

「どうだろうな。今じゃ親父が経営していた頃とは比べ物にならない零細企業だし」

街金のノウハウなんて知らない東井が継いだところで、傾いた会社が立て直せるはずもない。客も社員もバタバタ離れた。それでも東井が事務所を畳まなかったのは、この世界でしか生きられない者がいたからだ。

「でも経営者だってんだから、立派なもんだ」

「はっ、職業に貴賤《きせん》なしとでも言い出すつもりか？　さっきの話、おまえも聞いただろう」

「客が自殺したって話か？」

「ああ……もう五年前になるな」

客の男が自殺し、警察の事情聴取を受けた。東井には寝耳に水の出来事だった。

リストラやら離婚やら子供の養育費問題やら、借金以外にも悩みをあれこれ抱えている男だった。けれど、それはどの客も同じだ。平々凡々、安逸な日々を送りながら街金に手を出す者などいない。

誰も彼もが崖っぷちで、その崖に並んだ者の背中を押して回るように借金の取り立てをする。最後の一押しをしたのが自分かもしれないというだけでなく、電話を取らなかったのが東井の中で引っかかっていた。

男は最後に電話を寄越したのだ。深夜十二時、シャワーを浴びていたときだった。事務所の電話が鳴っているのには気がついたが、濡れた体で部屋に飛び出そうなんて考えもしなかった。

あの電話を取っていれば、なにか違っていただろうか。

「なにも死ななくてもいいのになぁ。臓器の売り方でも教えてやればよかったか？」

東井は性懲《しょうこ》りもなく露悪的に語った。

同窓会の座敷の面々のような白い眼差しを想像したが、隣から返ってきたのは拍子抜けする反応だった。

「大変だったな」

「え？」

思わず横顔を見た。

「後悔してるんだろう？　そんな風にまだ思い出すぐらいだ」

思い出すのは後悔をしているからか？

何度も何度も同じ記憶を再生してなぞることに、どんな意味がある。毎日日は昇り新しい一日を過ごしているはずなのに、気に入りの古いレコード盤をアナログなプレイヤーにでもかけるみたいに、いそいそとそれを持ち出す。

隣にいる男のことを、未《いま》だに度々思い出していたのも――

東井は無言になった。元々饒舌なんかではなかったけれど、黙れば周囲の様々な状況を敏感に感じ取れた。濡れた路面を走り抜ける車の音。数少ない通行人の語らい。けぶる霧雨《きりさめ》に反射する街灯の明かり。

それから、僅かに触れ合った肘先の体温も。

狭い傘の中では、永見の存在を感じた。

「おまえは？」

東井はそろりとした声で尋ねた。

「なにがだ？」

「おまえは今なにやってんの？」

「ああ、俺も名刺があるんだった」

歩調を緩めた男は財布から名刺を取り出す。

「バー？」

「雑貨屋のあった場所、覚えてるか？　あそこでやってるんだ。もう三年くらいになるかな」

忘れようにも忘れられないでいる場所だ。店の前にあったベンチまで含めて、東井は未だに度々脳裏に甦《よみがえ》らせていた。

そして今は、高校時代のあの会話を。

「へぇ、おまえはちゃんと夢叶えたんだな」

「まぁ小さな店なんだけどな。今度飲みに来いよ。おまえが変わってなくてよかった」

鮮やかに回る記憶。あのとき夢を語ったのは永見だけじゃない。

駅までの残り僅かの道程を歩きながら、東井は返さずにはいられなかった。

「変わってない？　どこがだ。おまえ、視力でも落ちたのか」


雨の日は嫌いだ。

雨の日は大抵ろくなことが起こらない。

今日は左足首が脈打っていた。雨がしとしと降ると東井の足は時折不調を訴えてくる。気圧の関係かもしれない。二十年も前の子供の時分の怪我だというのに、古傷が痛むというやつだ。

低く空を覆った雨雲のせいで、午後のエンゼルファイナンスの事務所は薄暗かった。

「あーもう、いつになったら梅雨は終わるんですかねぇ」

事務所内は今日もちょうど三人しかいない。回収業務もなく暇そうにしている紅男が、また落ち着きなくうろつきながら言う。

社長机の束井の視線は、視界を行ったり来たりする男を素通りし、本を広げてなにやら熱心にノートに書き綴っている妻田に向かった。

正確には妻田の左手だ。

本を押さえる男の手は、小指が欠けている。第一関節の辺りからだから、パッと見目立たないときもあるが、ないものはない。

ヤクザよろしく妻田が指を落としたのは、束井がこの会社を継いだ八年前だ。

「それ、雨の日は痛んだりしないのか」

束井の視線に気づいていなかった男は、なんのことだかすぐには判らない様子だった。

「ああ、これですか。平気ですね」

「やせ我慢するな」

「どうして自分がやせ我慢なんてする必要があるんですか」

指について束井が触れたのは、実に八年ぶりだ。

「もうだいぶ経ってますからね。たまに爪を切るときに思い出すくらいで、普段は忘れてます」

「ふうん……そうか、ならいい」

尋ねたのにさして意味はないとばかりに、東井はさらりと応えて机に視線を落とす。

社長といっても暇ではない。五人だけの会社でふんぞり返ってばかりもいられず、客の応対をするのも主に東井だ。回収はともかく、貸し出すときまで強面が応対したんじゃ客も裸足《はだし》で逃げ出す。

けれど、東井が手に取ったのは帳簿ではなく、名刺だった。眺めている紙切れがどこで手にしたものか見透かしたように、妻田が問いかけてくる。

「そういえば、先週の同窓会はどうでしたか？」

「べつに普通だな。飯も普通、女も普通……」

「気になる方には会えたんですか？」

遠慮ない問いは黙殺した。

「なぁ、今週こそ景気づけに焼肉に行くか。なんなら女のいる店でもいいぞ。キャバでもソープでも。喜べ、福利厚生だ」

「マジっすか⁉」と、紅男はすかさず食いついてきたが、妻田のほうは気のない態度だ。

「自分はやめておきます」

「専務、堅いなぁ、堅いっすよ！」

「妻田は行きつけの店に義理立てでもしてるんだろ」

「えっ、行きつけってキャバ？　まさかソープ……気に入った子でもいるんすか？　専務の気に入りって想像できないなぁ」

妻田に贔屓《ひいき》の店があるらしいと知ったのは今年に入ってからだが、そういえばたとえ玄人《くろうと》でも女の影なんて初めてだ。

束井はもう一度、妻田の手を見た。モテと縁遠いのはフランケン顔のせいばかりではないに違いない。

「社長はどうなんすか。その同窓会っての、いい女はいましたか？」

「紅男、ちょっと来いよ」

口の端を吊り上げて作り笑いを浮かべると、束井は紅男を呼び寄せた。無防備に隣に近づいてきた男の脛《すね》を、不意打ちで蹴り上げる。

「ちょっ、なっ、なんで俺が訊いたら蹴んですか！　専務だって、さっき同窓会のこと訊いてたじゃないですか！」

ぴょんぴょんと兎《うさぎ》のように飛び跳ねながら、紅男は虎の敷き革の辺りまで逃げた。大げさな振る舞いに、俯いて本に向かったまま応えたのは妻田だ。

「若社長はおまえに厳しいんじゃなくて、俺に甘いだけだ」

「え、どういう意味っすか？」

束井も妻田を見た。なにか続くかに見えた言葉は、せっかちな紅男の声に遮られる。

「あっ、専務が年上だからですか？　専務は前の社長さんのときからですもんね。田口さんに聞きましたよ～、だから社長のこと、ずっと若社長って呼んでんでしょ？　俺、社長が若いからかと思ってましたよ～」

確かに後継者であり、先代に比べれば随分若いが、それにしても呼び続けるには八年は不自然だ。

けれど、東井はそれについて妻田に問い質《ただ》したことはなかった。

若社長といつまでも呼ばれるのは、実は嫌いじゃない。頭までどっぷりこの稼業に浸《つ》かった自分でも、まだ本来の居場所は違うような気分にさせてくれる。

そう、八年前の気持ちだ。

東井は手にしたままの名刺を見た。

「いらっしゃ～い！」

木製のドアを開くと、予想外の弾む声が出迎えた。

東井が永見の店を訪ねたのは、六月の最後の金曜だ。『今更友人づきあいなんて』と思いつつも、名刺を手元に置いている限り、いつかは気まぐれで訪ねてしまったのだろう。

遅かれ早かれ行くのなら、さっさと済ませたほうがいい。などと言い訳がましいことを思いつつ、店に向かった。

出迎えの声を上げたのは、入り口近くのカウンター席に座った男だ。男と言っても、極一般的な男性ではなく、胸元がドレープしたレオパード柄のカットソーを身に着けた、いかにもそっち系の人物だ。はっとなって見たボトムは辛うじてスカートではなくパンツだったが、店を間違えたかと思った。

十年で周辺の街は様変わりしていた。高校の頃からシャッター通りだった商店街は消え失せ、区画整備された駅裏の外れに、永見の店はポツンとあった。

「東井、来てくれたのか」

カウンターの永見が声をかけてくる。

「ちょっと喉が渇いたんでな」

店は思いのほか繁盛していた。カウンター席もいくつかあるテーブル席も、ほぼ埋まっている。知人のよしみで売上に貢献してやろうという気持ちも無きにしも非《あら》ずだった東井は、少々肩透かしを食らった。

「混んでるみたいだな。出直す……」

「ここ、空いてるわよ」

さっきのカウンター席の男が、隣の空いたシートを叩いた。

店員ではなさそうだが、お節介な常連客といったところか。

「せっかく来たんだ、一杯飲んで行ってくれよ」

「じゃあ、一杯だけ」

　実際、喉は本当に渇いていたので席に着いた。カウンター席といってもよくある小さめのスツールではなく、肘掛けもついた幅広の本格的な革シートだ。集客を最優先にした店づくりではないのが、それだけでも判った。隣席をあまり気にしないですむのは助かる。

　ジントニックを注文すると、先にツマミのナッツが出てきた。手っ取り早いビールにすればよかったかと少し後悔しつつ、手持無沙汰《てもちぶさた》に酒の登場を待つ束井は、ジャケットからソフトケースの煙草を取り出した。

　バーテンダーは二人だ。永見は忙しそうに手を動かしているが、その応対にせかせかしたところはない。客と談笑しながら滑らかにカクテルをステアする動きに、店をオープンして三年という月日が見て取れる。

　と、そこまでは問題はなかった。

　束井は無意識に観察するうちにあることに気づいた。店の大半を占めていそうな常連客は、年齢こそ様々だが女は数えるほどしかいない。逆に一般的に見て希少であるはずの、隣のレオパード男のような客が複数いる。

　奥のテーブル席の客が男のくせに甲高い笑い声を上げ、その唇が赤く塗られているのを目にした瞬間、確信した。

「お待たせ、ジントニックだ」

カウンターから永見がロンググラスの酒を差し出してくる。

「おまえ、店って普通のバーをやりたいんじゃなかったのか？」

「普通のバーだろう？」

「明らかに客層がおかしいだろうが。ゲイバーをやってるなんて聞いてなかったぞ。少しは包み隠して生きろよ、おまえって奴は昔っから……」

「客を選べっていうのか？　この店に興味を持ってくれるなら、誰でも俺にとっていい客だ」

友人知人の繋がりで客が集まるうちに、たまたまそっちの客が増えたということだろうか。

確かに女性客もいて、一般客を排除している雰囲気ではない。

そもそも、一見《いちげん》に等しい自分の口を出すところではなかった。

東井は煙草のフィルターを唇に挟み、煙ごと深く息を吸い込む。せっかく話は終《しま》いになろうとしたのに、横の豹柄《ひょうがら》が余計な口を挟んだ。

「嫌味な子ねぇ。よっちゃんの知り合い？」

思わず吸い込んだばかりの煙でむせ返った。

二十八で子供扱いされたこともだが、『よっちゃん』ときた。

「高校の同級生ですよ。あー、高校っていうか、中学も小学校も同級生だけど」

永見の返答に、豹柄はどういうわけか東井のほうへと身を乗り出してきた。自然と反対側の左へと体を傾《かし》がせた東井は、続いた言葉に目を瞠らせる。

「もしかして、東井艶？」

「……は？」

「弟がね、高校生のときによっちゃんと仲がよかったの。それでお友達のことも噂に聞いてたんだけど」

「永見に仲いい奴なんていたっけな……」

永見は『彼氏』との付き合いに忙しく、高校時代も親しい友人を増やしている様子はなかった。東井は記憶を探り、『よっちゃん』の呼び名を耳にするのが初めてでないと思い当たる。

「もしかしてヒラ……」

『メ』の一文字はかろうじて飲んだ。抑える義理もなかったが、そういえばやや離れがちのつぶらな目元が、弟とやらに通じているかもしれない。

男は妙につやつやした短い爪の手を組み合わせると、こちらをじっと見つめた。

「昔天使のＣＭやってた東井艶でしょ？　懐かしいわぁ」

――最悪だ。

「蜂木《はちき》さん」

カウンターの永見が咎めるように呼んだが、豹柄は構わず思い出話を続ける。

「弟は覚えてなかったみたいだけど、私はイケメンのお友達の名前聞いてすぐピンときたわ。

天使のエンくん、小学校のとき流行って振り真似してたのよねぇ」

　束井は一息で灰が崩れそうなほど深く煙草を吸った。ニコチンを肺に送り込めば、それだけで大抵のことはなかったことにできる。

「こう、まず右手を羽ばたかせてね。天使とおやすみ～天使とおはよう～♪」

　酒のせいか陽気な男は、革シートの椅子を回転させながら、フンフンと身振り手振りを加えて歌い始めた。

「やめろ」

　煙とともに吐き出した束井の声など聞いちゃいない。

「天使と踊ろ～天使と回ろ～♪」

　右、右、左、左、左、腕を振る。

　左、左、右、右、右、体を回す。

　背中の白い羽がふわふわ踊るように身を弾ませ、リズムを取って。そう楽しげに、嬉しげに、そう笑って。

　もっと、笑って――

「やめろって言ってんだろうがっ‼」

　黒い陶器の灰皿が、割れんばかりにカウンターで弾んだ。束井は自分が吸殻を左手ごと叩きつけたことに、周囲の反応を見るまで気がつかなかった。

「艶」

カウンターの内から、自分の名を呼ぶ声。

永見に名前で呼ばれるのは何年振りだろう。はっとなって周りを見ると、和やかに語らっていた客たちは一様に動揺した顔をしてこちらを見ている。店に流れるＢＧＭのジャズだけがマイペースに響き続けていた。

「……ごめん」

落ち着きなく視線が揺れ、自分でも驚くほど情けない声が出た。

「いや、それはいい……けど、おまえ大丈夫か？」

気遣われて顔に手をやる。

今、自分はどんな表情をしているのか。

「なんか……私、悪いことした？」

恐る恐るの声で豹柄が問いかけてきた。

「ごめんなさいね、懐かしかったもんだからつい」

はた迷惑な男だが、根っから無神経なわけではないらしい。束井はまだ火の点いたままの吸殻を灰皿から摘《つま》み上げると、今度は静かにもみ消して言った。

「昔のことはあんまり思い出したくないんだ。俺の子役時代を知ってるなら、なんでやめたかも知ってるだろ」

「落下事故のこと？　昔の話でしょう。それに……あれって、そんなに問題になる事故だったかしら？」

「問題じゃなかったら辞めてないだろ」

「だって、子供はやんちゃなものじゃない。子供の頃ってほら冒険好きだし、大目玉食らうような行動の一つや二つ、みんな経験してるもんよ。たまたま大事にならなかっただけで……あなた、運が悪かったのね」

「運？　はっ、そんな風には誰も言わなかったな」

水滴の浮くまま放置されたグラスを手に取って呷《あお》る。味わうつもりなどなかったのに、最初の一口でいいトニックウォーターとライムを惜しげなく使っているのが判った。ジントニックはシンプルな定番カクテルだけに店の拘りが出る。

喉と一緒に頭も冷えてきた。

「今は一般人？　もったいないわねぇ。せっかくハンサムなのに。私、メイクやってんのよ」

「メイク？」

「メイクアップアーティスト。モデルとか、いろいろ顔作らせてもらってるけど……あなたの顔ってよくできた人形みたい。完璧なシンメトリーね、珍しい」

「蜂木さん、また怒られますよ」

俯いてカクテルを作っている永見が、さり気なく咎めた。

「え、今のどれが？　シンメトリー？」

「彼は顔のことを言われるのが嫌いなんです」

東井は意外に思った。

そんなこと、自分は今まではっきりと口にした覚えはないし、永見が気がついているのも知らなかった。


梅雨もようやく明けると、今度は雨の代わりにギラつく太陽にうんざりする夏がやってきた。街から熱気も冷めない夜、東井は時折永見のバーを訪れるようになった。

「店ってのは使い方次第で雰囲気が変わるもんだな」

今夜もカウンター席の東井は、綺麗に角の落とされた丸い氷を琥珀色《こはくいろ》の液体の中で回しながら、ぼそりと言葉にした。

先々月初めて来たときには気づかなかったが、店の内装は、以前レストランになっていた頃の名残《なごり》がそこかしこにある。飴色《あめいろ》のカウンターも、今はアルコール類のボトルが所狭しと並んでいる棚もそのままだ。

目の前のカウンターの傷は、そそっかしかったバイトのウェイトレスが皿を落としたときにつけたもの。高校時代には、まさかそのカウンターで酒を飲む日が来るとは想像だにしなかった。

「入り口と照明は大きく変えてる。金があるならもっとリフォームしたかったんだが、そう資金もなくてな」

カクテルを作りながら永見は応えた。

この店の開店資金は、大学を卒業して就職した先で貯めたものらしい。営業職だったと聞き、似つかわしくないと思った。

けれど、そのせいだろうか。多少丸くなった印象だ。以前はこれほどまんべんなく誰にでも愛想を振り撒《ま》き、客商売のできるような男じゃなかった。

「気に入ってくれたなら嬉しいよ」

成長した男はカウンターの向こうから笑いかけてもくる。オレンジ色の明かりに照らされた唇が妙に艶《なま》めかしく映り、意識をそちらに奪われそうになった。束井は慌てて視線を逸らす。

「べつに気に入ったとは言ってないけど……ちょうど客の家もすぐ近くなんだ。毎月決まって滞らせる奴で、電話催促ぐらいじゃ入金したためしがない」

それは本当であり、嘘でもある。ここからわずか電車で一駅のところだが、事務所兼住居のマンションへ帰るには逆方向だ。

束井は黒スーツの背を丸め、俯き加減に酒を飲む。

「まさかあのエンゼルのエンちゃんが街金になってるなんてねぇ……」

また居合わせて隣になってしまった男が、性懲りもなく地雷原に足を踏み入れた。

今夜は豹柄ではなく、白のフリルブラウスだ。その格好で街を歩けるのだから、多少のことでは動じない神経が育っているのだろう。

目が合うとマズイと思ったのか、蜂木はやや身を引かせて言い訳した。

「と、年寄りは昔話が好きなのよ。しょうがないでしょ」

「あんたそんなに俺と年離れてないだろ。まだ三十代じゃねぇか」

東井は溜め息交じりにカウンターに置いた煙草を手に取った。

「べつに子役なんて好きでやってたわけじゃないし。親が無理矢理キッズタレントの事務所に入れただけだ。この変な名前も、芸名にするつもりで考えたんだとさ」

「それは初耳だな。単に個性的な名前をつけたかっただけって可能性はないのか？」

甘ったるそうなピンクのショートカクテルを蜂木に差し出しながら、永見が言った。

「……どうだろうな」

『こんなことならもっとありきたりの名前にすればよかった』

いつだったか零していた母親の愚痴。名前で職業を選べるなら誰も苦労しない。今頃妻田は公務員で、紅男は……変わらないか。

東井は吸い込んだ煙をふうっと吐きながら、カウンターの奥に目を向けた。棚でくるくる

と回っているものを吸い差しの先で示す。

「そいつ、まだ持ってたんだな」

永見は背後を振り返った。

「ああ……走馬灯か」

「ファンタスマゴリアだ」

壁際の棚に飾りとして置かれたファンタスマゴリアは、店内の照明の明るさに負けながらも、淡く図柄を壁に照射していた。

「走馬灯って、なんだか盆の飾りを思い出さない？　湿っぽい気分になっちゃうのよね」

小指を立ててグラスの華奢な脚を握る蜂木は「苦手だわ」と零し、永見がそれを否定した。

「俺は結構気に入ってますよ」

「へぇ、どこが？」

「そうですね……回るところかな」

「回るって、そりゃあ走馬灯なんだから回るでしょ」

「クルクル回るから、一旦消えた絵柄もまた戻ってくるでしょ。行ったっきりにならないところがいい。また会える感じがして……何度でも」

覚えのある言葉だ。

吸い差しを咥《くわ》えたまま仰ぎ見ると、永見と目が合った。偶然ではなく、昔いつか言った自分の言葉をなぞっているのだと判った。

「子供の頃、俺にそう言った奴がいたんです。なるほどって思って、こいつが結構好きになりましたね」

「なんか……どこがいいのか判ったような判らないような感じだけど、よっちゃんって案外ロマンチストなのね。もっとドライでクールなのかと思ってた」

「俺はドライなんかじゃありませんよ。結構ウェットなんです。自分でも時々ぞっとするくらいに……」

苦笑する永見に、フロアから戻った若いバーテンダーが声をかけた。

「永見さん」

目線は奥のテーブル席を指している。

そういう店ではないはずだが、どうやらご指名らしい。店の繁盛の理由は、居心地のよさや酒の味だけでなく、オーナーの容姿にもあるのを束井は察していた。

作り終えたカクテルを若いバーテンダーに託し、永見はテーブル席に向かう。

酒に飲まれてテーブルに突っ伏しているのは、若い男だ。前にも来ているのを目にした覚えがある。永見が軽く声をかけても起きる気配はなかったけれど、肩にそっと触れて揺すり始めればようやく顔を起こした。

バーテンダーの顔を見るなり、白いワイシャツの腕をつかんで甘えるような仕草を見せる。

声は聞き取れないが、永見がお気に入りらしい。

――モテ男は大変だな。

ふっと煙を吐くことで東井は笑ったつもりだったが、肺に吸い込んだニコチンのせいか胸のどこかが淀んでいる感じがした。

駄々を捏《こ》ねてテーブルに再び突っ伏そうとする客の背を、永見は優しい手つきで撫で摩《さす》る。昔の永見なら、赤の他人にそんなことはしなかった。ただ処世術を身につけたのか、十年の間に変貌したのか。厄介な客に尽くす姿を微笑ましいと思わなくもないのに、微妙に気分が悪い。

しかも、今初めて覚えた感覚ではない気がした。懐かしいような不快感。

「そんなに睨まないであげてよ。あの子のただの片思いよ」

唐突に隣の蜂木からかけられた声に、東井は『えっ』となる。

「あら違った？　怖い顔して見てるから」

「俺はいつもこんな顔だ」

「そう？　弟が言ってたわよ。よっちゃんと帰るとき、あなたがいつも教室の窓からおっかない顔して睨んでくるんだって。一度紹介されたときなんて、凄まれてションベンちびりそうだったって……あら失礼、言葉が汚かったわね」

身を強張らせた東井に、蜂木は先手を打って詫びる。

しかし、言葉のせいじゃなかった。記憶と大きく相違しているからだ。会うと睨んでくるのは、いつもヒラメのほうじゃなかったのか。

「そういえば、ヒラ……いや、弟は今どうしてんだ？　この店に来たりしないのか？」

「今は大阪だから来ないでしょうねぇ。それに同棲中の彼氏と仲良くやってるから」

「へぇ、男がいんのか」

十年も経っているのだから、状況は変わっていて当然だ。それに確か、永見とは三年になってすぐの頃には別れていた。

「昔は大変だったわよ〜。よっちゃんがどうしても自分を好きになってくれないって、そりゃもう荒れて荒れて。感情的になりやすい子だったから、すぐ泣くのよね」

「好きにって……しばらく付き合ってたじゃないか」

「付き合うのは、べつに愛情がなきゃできないことではないでしょ。だいたいあの子がコクったときは、よっちゃんは顔も知らないみたいだったし」

初耳だ。永見の相手はころころとよく変わっていたけれど、それなりに相思相愛でいるのだとばかり思っていた。

さっきもクールじゃないなどと、言っていたくせして――

「嫌ね〜、年取るとホント昔話が好きで」

蜂木の目線に気がついて、再び永見のほうを見ると、客をどうにか起こして戻ってくるところだった。

フロアを歩く男の胸元を、走馬灯の明かりが過ぎる。白いワイシャツはオレンジ色に染まっては、また白くなり、再び次の図柄に照らされる。

最初は星を追う天使、次はパレードの動物たち。

そして。

新たな光が触れる前に、永見は東井の元まで辿《たど》り着いた。

「東井、灰皿」

すっとカウンターの灰皿を差し出す。東井がうっかり伸ばしてしまった煙草の灰は、今にも崩れる寸前だった。

◇　三角シッポのデビル　◇

回る回る。繰り返す。

始まっては終わり、そしてまた始まる。

昨夜眺めた走馬灯のせいだろうか、夢の中でも絶えずなにかが回っていた。目覚めたときにはそれがなんであったか覚えていたはずなのに、半身を起こしたときにはもう忘れていた。

鈍い頭の痛み。皺《しわ》だらけのシーツのダブルベッドの上を、体を引き摺るようにして縁まで辿り着く。足先でスリッパを探り、ふらふらと立ち上がった東井は、乱れた髪をしかめっ面で掻き回しながら窓辺へと向かった。

習い性でカーテンを開け、ぎょっとなる。

視界の一角がぽっかりと暗い穴でも開いたみたいに黒い。

目の前に大きな鳥がいた。

殺風景なベランダを我が物顔で跳ね歩き、まるで東井が起き出してくるのを待っていたかのように窓越しにこちらをじっと見る。瞬《まばた》きに合わせ、灰色の目蓋《まぶた》が黒い鳥の黒い目を何度も覆った。

ただの黒くてデカいだけの鳥だ。そう頭では理解しつつも、いい気分にはなれない。追い払おうと窓の鍵に手をかけると、察したのか、鳥は羽を広げて飛び去って行った。

窓を開けることを止め、寝室を出る。

通常ならリビングであるはずの中央の広い部屋がエンゼルファイナンスの事務所だ。八時を回っており、妻田が出社していた。起き抜けの東井は薄っぺらな白Tシャツにボクサーショーツだけの姿だったが、烏のように驚くこともなく無言でトイレへと向かう。

二日酔いでなくとも、低血圧で朝は不機嫌な東井だ。普段は妻田も話しかけてこないが、今日は違っていた。

「昨晩、コウアイ興業の庄田《しょうだ》さんから電話がありました」

振り返り見た妻田は、いつもにもまして硬い顔をしていた。

「若社長に会いたいそうで、午前中来ると言ってました。一応、十時前は困ると伝えておいたんですが」

「……そうか、判った」

招かざる客は、言ったところで聞くような相手ではない。

先代の頃には繋がりの深かった会社だった。いわゆる暴力団のフロント企業で、同じく貸金業。バックがバックなだけに資金力はあるが、無登録なのはもちろん、大手消費者金融の社名を騙《かた》り、自己破産者から多重債務者まで、なりふり構わぬエサで吸い上げる闇金だ。

一昔前はエンゼルファイナンスも大差ない会社だった。元々派手好きで煽《おだ》てに弱い先代はヤクザと癒着し、おまけに妙なところで情に厚いものだから、身分も隠しきれていないようなごろつきの構成員を社員にし、しまいには会社を乗っ取られそうになっていた。

今は見向きもされない衰退ぶりでどうにか縁遠くなっているが、完全に手を切れているわけではない。この業界で零細企業が生き残るには、上手く立ち回る必要もある。

——さっきの烏はこいつの前兆だったのか。

朝からついていない気分で用を足し、身支度を整える。

案の定、客人は十時前にやってきた。

いつものスーツ姿で応接室にしている部屋で迎えた束井は、最初からろくな話ではないと判っていたがその内容に目を剝《む》いた。

「五千万？」

ある人物に貸し付けてほしいと言う。

「そんな大金、うちでは融資できませんよ」

「形だけでいいんだ。おまえんとこが貸したってことにしてくれれば、回収はこっちがやる。ただ信用がほしいんだよ」

「信用って……うちにもそんなにあるとは思えませんけどね」

整っているのは体裁だけだ。場末の歓楽街に看板を掲げる人生終了まっしぐらみたいな店よりは、洒落た高層マンションの一室で客の警戒心が緩むというだけ。

それとも面構えの問題か。

父親と変わらぬ成金臭のする庄田という中年の男は、信用したくなる人間ではない。

「向こうは投資資金を欲しがっててね。滅多にないいい話だから乗り気なんだが、大金にちぃっとばかり慎重になって、二の足を踏んでる。あんたが出ていけば、すぐに話も纏まると思うんだよ」

「ですから、うちにそんな信用は……」

「十二時にシャンガイアホテルで落ち合う約束になってる。話を纏めるつもりだから、よろしく頼むよ」

人の都合を無視した訪問なら、人の話も最後まで聞こうとしない。午後の予定の確認もなく、強制的に駆り出されることになった。

時間の無駄だが、先方が気に入らなければ話は流れるだけだ。貴重な人員を割くつもりはない。約束の時刻、東井はホテルには一人で出向いた。

ホテルのラウンジはビジネスの打ち合わせに訪れる者も多い。高級ホテルだけに国際色にも溢《あふ》れており、雰囲気に飲まれて気分上々、分不相応な契約に乗ってしまう愚か者も出る。

「東井さん、お久しぶりですね」

庄田は男を一人連れていた。東井も知った顔だった。広域指定暴力団の傘下、洪和会《こうわかい》の幹部の橋枝《はしえだ》だ。チャコールグレーのスーツをびしりと着こなし、一見極普通のビジネスマンに見える男だが、その穏やかな物腰とは裏腹に冷酷な男であるのを知っている。

やばい。ヤバイ。なにかとてつもなく危ない臭いがした。暴力団の幹部が出てくる投資話なんてものが、まともであるはずがない。

「禁煙ですよ」

「え……」

「最近はホテルのラウンジも喫煙者に厳しいところが増えましたね」

柔らかなシートに腰を落とした束井は、男に指摘されて初めて、自分が無意識に煙草を吸おうとしていたのに気がついた。

「ああ、すみません、つい」

緊張している。

滅多なことではもう動揺しなくなった束井だが、背中に冷や汗を滲ませていた。けれど、内心焦りつつも、その双眸《そうぼう》はいつもどおり光のないまま。両腕を左右の膝上にのせた前屈みの姿勢に落ち着き、灰皿もないテーブルの一点に視線を定める。

「どーもすいません、お待たせして」

ほどなくして、問題の客がラウンジに姿を現わした。

場の緊張感などどこ吹く風。間延びした声を上げてやってきた男は、スーツではなくラフなシャツにチノパンのやや場違いな格好をしていた。その姿を目にした束井は、死人のようだった目を零れんばかりに瞠らせた。

「あれ、こっちの人は初めて？　どうも、大瀬良です」

まだ二十代にもかかわらず、大物然とした口調と振る舞いの男は、この二十年余り忘れたことはない、忘れようにも記憶から抹消できないでいる人物だった。

大瀬良元。

最後に見たのは一年ほど前のテレビドラマか。その気がなくとも、その成長した姿も活躍もテレビの画面越しに触れてきた男だったが、大瀬良のほうは束井に気づく様子はなかった。

判るはずもない。なにしろ、直接会うのはあの事故以来だ。

立ち上がっても三日月目でニヤつくばかりの男に、束井は名刺を差し出した。

「……エンゼルファイナンス、代表取締役……束井…艶？」

「はじめまして、ですかね？」

唇の端を吊り上げて笑んだ自分を、男の目は真っ直《ま》ぐ《す》に捉えた。


「禁煙ですよ」

煙草を吹かそうとフィルターを口に挟んだ大瀬良に、束井は穏やかな声で忠告した。

「そうだっけ？」

細く華奢なライターを取り出した男は、構わず火を点ける。女物のように赤い趣味の悪いクロコダイル革のライターだ。ソファの背凭れに寝そべるかのように肘をかけると、テーブルのコーナーを挟んだ隣のソファに座った東井を、遠慮のない眼差しでじろじろと見る。

もっと気まずい顔でもするのかと思いきや、違っていた。大瀬良の中では、過去のアレは不幸な事故とでも片づいているのだろう。

大瀬良が投資家の真似事をしているとは知らなかった。子役から俳優へ順調に転身したかのように見えたものの、そういえば近年はあまりテレビでも見かけない。ドラマは脇役止まりで、舞台もやっているらしいが一流の活躍ぶりとは言い難く、起死回生を狙って儲《もう》け話に乗ったというところか。

振る舞いだけが一流芸能人のそれだ。庄田たちが密談にさり気なく席を離れると、居丈高《いたけだか》に東井に話しかけてきた。

「まさか、金融業を始めてたなんてねぇ」

「始めたのではなく、元々父親が営んでいた会社です」

「ふうん、二代目ってわけだ。お金持ちの坊ちゃんって感じだったもんな。よかったなぁ」

「はい？」

「だって、生きてるからには仕事しないわけにはいかないだろう？　俺ね、時々思い出してたんだ。艶くんはどうしてるだろうって」

煙草を吹かす男の目に、自分はどう映っているのか。

いつも似たような格好をしているが、新調したばかりの黒スーツだ。ネクタイは相変わらずつけていない。袖口《そでぐち》から日に焼けていない手首を覗かせ、束井は伸ばした手でテーブルのコーヒーカップを取る。

「このとおり元気にしてますよ」

一口飲んで、作り笑いをして見せた。

自分が呼ばれた理由がようやく判った。

庄田は昔馴染みの『束井艶』を嚙ませれば、大瀬良が話に乗ると踏んだのだろう。

金貸しの仕事は蜜を用意して待つばかりではない。金を借りに来る客が足りなければ、必要になるよう仕向けることもある。

束井は投資方面にはあまり明るくないが、五千万もの大金となれば利息は計り知れない。

大瀬良はまんまと乗せられていた。手元に現金もなく、まともな金融機関の融資もいっぱいで受けられないとなると、家計は火の車のはずだ。確か浮気による離婚問題で慰謝料も背負っている。

だが、大瀬良にそうした逼迫感《ひっぱくかん》は見られない。

借りる意識に乏しいのだろう。投資で利益を得れば、利息も元本も返済など容易《たやす》いと踏んでいるに違いない。

素晴らしき捕らぬ狸《たぬき》の皮算用ってやつだ。

「けど、あんまり儲かってないいんだろ？　さっきさ、橋枝さんにこっそり耳打ちされたんだ。

君のところから是非借りてやってほしいってね」

橋枝がヤクザであるのも知らないらしい。

借金を慈善事業かなにかだと誤解でもしているかのような口ぶりは、術中に嵌りきった証拠だ。ヤクザが長《た》けているのは、暴力よりもむしろ心理操作で、オレオレ詐欺《さぎ》も暴力による恐怖支配も本を正せばすべて巧みな心理操作から始まっている。

有名人のプライドを綻《ほころ》びにしてつけ入られているとも知らず、大瀬良は笑んで言った。

「君を助けてあげたいよ。あのときは俺に力がなくてできなかったからね」


こういうのをなんというんだったか。

濡れ手に粟《あわ》。棚から牡丹餅《ぼたもち》。

見上げていれば落ちてくる。あの日は自分だけがガラスの下へと落下したが、今度は大瀬良のほうから地べたへと潰れるために飛んでくる。

ホテルを後にした東井は、事務所に戻るために一人駅に向かっていた。

午後二時。今日の最高気温を示しているのは、天気予報を知らずとも判る。盛夏の八月のギラつく日差しに照らされ、歩道は熱く焼けた鉄板だ。老いも若きも顰《しか》めた顔して歩き、東井はその中を揺らめく陽炎《かげろう》のようにふらりふらりと歩き続けた。

帰りに昼食をとろうと思っていたが、そんな気も失せた。

まさか今になって、こんなところでこんな形で大瀬良に再会しようとはだ。

五千万の貸付は決まった。粛々と話はまとまったが、思惑通りに事が運び、庄田や橋枝は踊り出したい気分だっただろう。一方で大瀬良の身の破滅は決まったようなものだ。

もちろん投資が成功するのもいい。利ざやで潤った金が回ってくるのなら、それに越したことはないだろうが、そんな美味《おい》しい話であるならヤクザが自ら飛びつかないはずがない。

目的は債務者から吸い上げる利息だ。支払いに困窮すれば、今度は紹介屋よろしくべつの金貸しを斡旋《あっせん》する。泥沼のループ。繋がり合った悪徳業者の間をたらい回しになるうちに、引き返せないところまでずぶずぶに落ちていく。やがて返済絡《がら》みで人間関係まで破綻《はたん》し、すべてを失う。

どういう繋がりでヤクザに目をつけられたのか知らないが、広い交友関係が自慢の派手好きのようだから、遅かれ早かれ大瀬良はこの手の罠に嵌ったのだろう。

「……ザマアミロだな」

東井は吐き捨ててみた。

けれど、言葉とも青く抜けるような夏空とも裏腹に、気分は淀んだまま晴れない。

喉が渇いた。

ずっと渇いてる。

こんな日はビールが飲みたいと思った瞬間、思い当たったのは永見の店だった。しかし、すぐに否定する。あの店はダメだ。最近どうも通いすぎだ。

ビールが飲みたいなら、なにも永見の店でなくともごまんとある。事務所のマンションの裏にも、雑居ビルの一階に手頃なバーが一軒あった。昼は格安でパスタランチを提供しているような酒の味に期待は持てない店だが、ビールぐらいどこで飲んでも一緒だ。

そうだ、今日は仕事が終わったらあの店に直行しよう。

こんな不快な気分は久しぶりだった。

晴れた空の下にいながら、重く垂れ込めた雲に光を遮られたように心が沈む。視界の悪い土砂降りの雨の中にいるみたいに、周囲を歩く人々との間に隔たりを感じる。

まるであの頃の自分だ。

東井はゆっくりと夏の街に視線を巡らせた。

――八年前。

留学先のアメリカから父に呼び戻されたのは、高校を卒業して二度目の春を迎えようという頃だった。

最初は軽い見舞いのつもりだった。『わざわざ戻ってきたの？　無理しなくていいのに』

との母の言葉に大した入院ではないのかと思いきや、『あの人、もう長くないわよ。どうしたものかしら』と、母は異音のし始めた冷蔵庫の買い替えに頭を悩ませるみたいな顔をして言った。

そんな母の『新しい冷蔵庫』の存在にも、自分に死期が迫っていることにも父は気がついていたのだろう。

『よう帰って来てくれた。俺にはもうおまえしかおらん。艶《えん》、おまえだけだ』

病室で涙ながらに手を握られ、数日見舞って帰るという束井《つかい》の選択肢は断たれた。あまり人として尊敬できる父親ではなかったが、身内に甘く可愛がられた自覚はあったので、親孝行の一つもしないまま見捨てるほど薄情にはなれなかった。

本気で会社を継ぐ意思があったわけではない。父が死んだ後は母のようにうまく立ち回り、自身の望む道へと再び軌道修正するはずだった。

そもそも息子であるというだけで、二十歳《はたち》そこそこの自分に果たしてどこまでできるのか。

『乗っ取られそうな会社を立て直してほしい』

不安を抱えつつも父の願いを聞き入れ、エンゼルファイナンスに入社した。

当時、事務所は利便のいい駅近くのオフィスビルにあった。

事務所に入って、非喫煙者だった束井はまず一頻《ひとしき》り噎《む》せた。部屋の奥が霞《かす》むほど充満した煙草《たばこ》の煙の中に、幾人もの柄の悪い男たちがいた。見た目はまるきりヤクザのそれだ。階を間違えでもしたのかと、慌てて踵《きびす》を返そうとしたところ、フランケンシュタインみたいな顔をしたデカい図体《ずうたい》の男に『坊ちゃんですか？　お待ちしてました』と声をかけられた。

「そういえば、社長の奥さんは大層な別嬪《べっぴん》でしたね」

初対面の妻田《つまだ》の反応は、そんな感じだったと思う。

「どういう意味だ？　俺がなよっとしてるって言いたいのか？」

舐《な》められてはいけない。負けじと返した問いに妻田は答えず、束井はますますむっとなったが、時が経《た》つにつれ小さいことを言った自分を悔いた。

エンゼルファイナンスには、誰も神経の細かい人間などいなかった。会社を仕切る専務の幸島《こうじま》は、背中にしょった鮮やかな彫り物が自慢だ。世間一般の企業の道徳的規範など通用しないし、禁煙促進運動もない。

皆が煙草を吸い、乱暴な言葉を発し、必要なら暴力を振るった。必要とは、ジュースの自販機が不調でスムーズに下りて来ないといったことだ。エレベーター脇《わき》の頑丈なはずの自販機がぼっこり凹《へこ》んでいる理由が判ったと同時に、不調はそのせいじゃないのかと思ったものの、束井は懸命な判断で口にはしなかった。

およそまともな会社じゃない。

元は人間の住処《すみか》だったのかもしれないが、すでに獣が居ついて巣穴にした小屋みたいな有様だった。

正直、逃げ出したかった。

けれど、『あなたの会社はもう安心です。息子が立派に守ります』と病床の老人に告げてやりたい気持ちだけが、束井を引き留めていた。父の余命が、その頃もう半年余りと宣告されていたのもある。

半年。半年だけの辛抱と思えば——

死を待ち侘《わ》びてでもいるような錯覚に陥り、日に日に束井の気持ちは塞《ふさ》がれた。スーツの繊維の奥までニコチン臭を染《し》みつかせ、毎晩家に帰る。虫を殺したことはあっても人を殴《なぐ》ったことも脅したこともない人間が、客に凄《すご》みを利かせ、ときにサディスティックにナイフで刻むように他人の精神を蝕《むしば》む。崖っぷちからひょいと押し出し、運よく逃れた奴は次の崖へとご案内だ。

まともな神経でいられるはずがない。

頭痛がする。眩暈《めまい》がする。天気が晴れても曇っても、視界は常に灰色だ。

ある日、回収に向かう道の途中で妻田が言った。

「坊ちゃん、この仕事は堅気《かたぎ》のやるような仕事じゃありませんよ」

『おまえはそうじゃないのか』という問いは無用だった。束井は判り始めていた。世の中には日の当たる場所には出られず、こういった世界にしか居場所のない者がいる。

エンゼルファイナンスにはそうしたチンピラ上がりの者が幾人もいた。

「それでも親父《おやじ》の会社だ」

「名義上はそうですけど、実質この会社の実権を今握っているのは幸島専務です」

「実質もなにも、社長が一番じゃないのか?」

妻田は普段口数が少なく、その図体以外ではいるのかいないのか判らないような男だったが、一応東井のお目付け役だった。

息子に辞めるつもりがないのを知ると、いくつか助言をくれた。

「借金取りにネクタイはいりません。そのスーツは随分人がよく見えますね」

そのうち就職活動に使おうと思って用意していた紺スーツに、エンジやブルーのネクタイを東井は身に着けていた。世間の常識など通用しない。誠実であること、人柄をよく見せようと努力すること。そんなものは、もはや悪路にピカピカの革靴を履いて出るようなものだ。

東井は良識を捨てた。

咥《くわ》え煙草で堅気に見えないスーツを纏《まと》い、ときには払いの悪い客の靴に唾《つば》も吐いた。

そうして仕事にも慣れ始め、半年が過ぎようという頃だった。

その日、回収に訪れたのは白金台《しろがねだい》の一軒家だった。街金どころか借金とも無縁に見える、宵闇《よいやみ》の中でも判るほどの広壮な一戸建てだ。

専務の幸島の顧客だったが、その晩は東井と妻田も含めた四人に任されていた。

「佐々木《ささき》さん、いるんでしょ~! もういいかげん金返してくださいよ~!!」

いつも幸島と回収を行っている男は、徐《おもむろ》にドアを叩《たた》き、周辺まで響き渡る声を上げる。待てど騒げど無反応で、家はどの窓も暗かった。

本当に留守なら出直すしかない。確認のために東井が裏庭へと回り、子供のカラフルなオモチャの転がるウッドデッキに上がった。試しに手をかけてみた大きな窓はからりと軽く開いた。

きなくさい臭いが鼻を掠《かす》めた。火事かと焦ってカーテンを開けると、真っ暗な部屋の隅に、戦火を免《まぬが》れようとでもいうように身を寄せ合って蹲《うずくま》る親子の姿があった。

「今日は勘弁してください！」

父親が縋《すが》ってきた。

「子供の誕生日なんです。もうこの家で祝ってあげられるのも最後だと思うんです。お願いします。お願いしますから！　明日にはまとまったお金の入る当てもあるんです！」

極悪人にでもなった気分だ。テレビドラマの借金取りのイメージそのままの展開だった。

テーブルを見れば、吹き消されたケーキのロウソクがまだ僅《わず》かに煙を上げている。豪華な家には不似合いな、いかにも手作りと判る不格好なケーキだった。ハッピーバースデイ、ソウタ。安っぽいロウソクは五本立てられていた。

母親はあまり料理は得意ではないのだろう。もしかすると、今までは家政婦が作っていたのかもしれない。景気のよかった頃は東井の家にも通いの家政婦がいて、母に代わって食事を作ってくれていたのを思い出した。

母親の腕の中の五歳になったばかりの子供と目が合った。

「誰もいなかった。留守みたいだ」

東井はそう報告した。

一家が夜逃げしたと判ったのは、その翌日だった。

東井が嘘の報告を上げ、結果的に一家を逃す手助けをしてしまったのも、どこからか社内に知れていた。しかし、社長の息子の立場が効いて、専務の幸島はどんなに憎々《にくにく》しくとも東井に声を荒げることはない。

呼びつけられたのは妻田だった。

お目付け役の責任だ。

「大丈夫ですから、待っていてください」

「あ、ああ」

言われるまま椅子《いす》に腰を戻したのに、幸島の執務室に向かう妻田は、ふと思い当たったように振り返り見ると繰り返した。

「ここで待っていてください」

「判ったって。なんで念押しするんだ？」

妻田の消えた部屋からは怒号が聞こえた。

聞き慣れた幸島のヒステリーな怒鳴り声。一旦静かになったかと思うと、今度は人の呻《うめ》き声が響き始めた。暴力でも振るわれているのか。東井は腰を上げかけては、念を押されたのを思い出して椅子に戻した。

目を皿にして見つめていたドアがやがて開き、戻ってきた妻田は真っ赤に染まった布で包んだ左手を胸元に抱えていた。

錆《さ》びた鉄のような臭い。

その晩は雨だった。

部屋の湿度は高く、血の臭いはむわりと室内に充満して、東井はその場で嘔吐《えず》きそうになった。

「なにやってんだよ！　どうなってんだよ‼」

執務室に飛び込んだ東井を迎えたのは、いつも忌々《いまいま》しげに自分を見ていた幸島の勝ち誇ったような笑い顔だった。人の心を切って落とすのに、なにも本人の肉体は必要ない。

無茶苦茶だ。信じられなかった。

東井は渋る妻田をすぐに病院へと連れて行った。指は繋《つな》がらなかった。処置の間に血を見ただけでまた気分が悪くなって、トイレに駆け込んで吐いた。

自分がどれほど軟弱であるかを、このとき思い知った。精神も肉体も。責任も負えないのに、偽善で取り返しのつかないことをしたのだということも。

元々自分も幸島には嫌われていたからと妻田は慰めに言ったが、そんなことは事実でも嘘でも大した違いではなかった。だいたい自分が慰められてどうする。

よかれと思って繰り返した選択は、なに一つ救いがない。父も救えず、他人を傷つけ、自身はどこまでも堕《お》ちていく。

病院を出ると雨が降っていた。自分の心境を反映したかのように崩れた空。正面口に一台だけ停《と》まっていたタクシーに妻田を強引に押し込み、夜道を濡《ぬ》れながら歩き出した束井は、ふっと張りつめた糸が切れるかのように思った。

——もう嫌だ。

もう、こんな生活はうんざりだ。

ずっとずっと目を背け続けていた感情に向き合ったそのとき、頭に思い浮かんだのは永見《ながみ》のことだった。なんだかんだ言いつつも、平和だった学生時代。のこのこと顔見せはできないと避けていたけれど、会いたいと思った。

猛烈にそう感じた。

束井はふらふらと夜の街を歩いた。雨はザーザー降りで、ずぶ濡れのスーツは重く、プールにでも飛び込んだみたいな有様だった。それでも、人が振り返り見ようと構わずどこまでも歩き続けた。

会いたい。

一目見るだけでもよかった。こんなにも真《ま》っ直《す》ぐなどこも歪《ゆが》みのない気持ちで、永見を求めたのは初めてだった。距離を置いていた友人になにをしてほしいわけでもない。そう、ただ会いたいのだ。

まるで恋みたいだ。自分の感情を自分で揶揄《やゆ》った。

いつもの雑貨屋の前の光景を思い出す。『好きだ』と言われたときのこと。小学五年生なんて、もう何年前だ。テレビのレイダーマンのためにあっさり突っぱねたのは覚えているけれど、あのときのアイスの味は覚えていない。チョコだったのか、バニラだったのか。当然服の色や靴も覚えておらず、もう少ししたらテレビのことすら忘れてしまうかもしれない。

そのうち『好きだ』と言われたことも、忘れてしまうのだろうか。

自分は忘れないために何度も思い出している。

何度も何度も上書きして、吹けば飛ぶような記憶を失《な》くさないようにしている。

そんな気がした。

アパートの前に辿《たど》り着く頃には、雨は小降りになっていた。大学に進学した永見はアパートで一人暮らしを始めており、一度も訪ねたことはなかったけれど、祖母の雑貨屋の近所だったこともあり目星はついた。

街灯の下で、東井は二階の部屋を見上げた。カーテンは薄いようで、一目で部屋の明かりが点《つ》いているのは判った。階段を上がりながら自分のひどい格好に気がつき、気休めに濡れた髪を撫《な》でつける。

どこの街にでもあるような質素な古い二階建てアパートだ。チャイムに反応がなかったので、薄いドアを控えめに叩くと、十秒ほどで開いた。

「……だぁれ？」

見知らぬ若い男だった。

眠たげな目の男は、パーマだか天然だか判らないクルクルした髪で、申し訳程度に一つだけボタンの留められたシャツから覗《のぞ》く肌は女のように白く艶《なま》めかしかった。

「あ……」

反射的に『間違えました』と言いかけた束井に、男は尋ねた。

「ああ、嘉博《よしひろ》の友達？」

「間違えました」

やっぱりそう応えた。

束井は踵《きびす》を返し、足を縺《もつ》れさせながら階段を下りた。一階のコンクリートの僅かな段差で本当に転びそうになり、立ち止まって一息つく。心臓が気持ち悪いほどドクドク鳴っていて、一度は閉じた二階の部屋のドアが再び開く気配に、慌ててアパートのプロパンガス置き場の陰に身を隠した。

ドアが大きく開く音。

転げそうな勢いの足音が聞こえた。

裸足《はだし》にスニーカーを引っかけて下りてきた背の高い男は、上半身も裸で黒っぽい短パン姿だった。まだ降っている雨にも構わず路地に飛び出し、周囲を見回す。アスファルトにできた水溜《みずた》まりをはね上げる水音が、ばしゃばしゃと子供の水遊びのように響いた。

「嘉博！」

クルクル頭の呼ぶ声に、東井はそっと覗《のぞ》かせていた顔を慌てて引っ込めた。

「ちょっと急にどうしたの～⁉」

永見はなんと返したのか。ぼそりとした低い声で聞き取れなかった。

ただ男が永見に差しかける紺色の傘の端だけが、チラチラと灰色のプロパンガスの向こうに覗いた。

「だから、間違いだったって言ったのに～。酔っ払いかな？　こんな時間に迷惑だよね、もう十一時過ぎてるっての」

近所迷惑も構わずに文句を言う男は、永見を促《うなが》し部屋へと戻っていく。階段の上り際、雨に濡れた男の背に触れる生白い手が見え、東井は息を殺して二人の気配が元の部屋へと消えるのを待った。

さっき撫でつけた髪から、雨粒は絶えず肌を這《は》い下りていた。どこもかしこも惨《みじ》めに濡れていて、霧雨《きりさめ》へと変わった雨は、軒もないプロパンガス置き場に突っ立つ東井を音もなく包んだ。

頬《ほお》を這う雨粒に、東井はふと自分が泣いてるんじゃないかと思った。

熱のない光が東井の癖のない髪を撫でる。

星々はそよぐように走り抜け、デビルの三角シッポが閉じた目蓋《まぶた》を戯れに突っついて過ぎる。

小さな星を引く少年が現われようとしたそのとき、前触れもなく東井は低く呻いて、がばっとカウンターテーブルの上の顔を起こした。

バーの店内だった。ＢＧＭは消え、走馬灯の明かりがクルクルと音もなく回っている。

「目が覚めたのか」

カウンター内でグラスを磨く男と目が合い、自分が酔い潰《つぶ》れていたのだと気がついた東井は、バツの悪い思いで周囲を見渡す。

憂さ晴らしは近所のチープなバーですませるはずが、結局梯子《はしご》で永見の店まで足を伸ばしてしまった。今夜も遅くまで賑《にぎ》わっていたはずだが、店内にはもう誰一人残っておらず、連れもいない東井はどうやらカウンターで潰れるままに閉店時間を迎えてしまったらしい。

「……なんだ、酔い潰れても俺はほったらかしか」

昨日の客とはどうやら待遇が違う。べつに永見に優しく背中をさすって揺り起こしてほしかったわけではないけれど、一応自分も客だと思えば憮然《ぶぜん》となる。

どのグラスも十分にピカピカで、磨く必要があるようには見えないにもかかわらず、永見はクロスを手にしていた。束井のぼそりと零《こぼ》した一言を聞き逃さずに言う。

「どうした？　気分でも悪いか？」

「いや、迷惑かけて悪かったな。水を一杯くれるか」

「ああ」

すぐに水を用意した男は、なにか言いたげな顔をしていると思えば、予想外の説教が始まった。

「最近来る度《たび》に量が増えてるな。無茶な飲み方は慎めよ」

「おいおい、俺の肝臓の心配ならしてもらわなくていいよ」

「おまえの内臓のことを言ってるんじゃない」

「だったらなんだ？」

酔い潰れて迷惑だったなら、それこそ叩き起こして追い出してくれればいい。まさか嫌味をチクチク言うために起きるのを待っていたわけでもないだろう。

永見は溜《た》め息《いき》を一つついて応えた。

「ここに来るのは紳士ばかりでもないからな。酔った勢いでどうにかなると思う奴もいる。

もういい大人なんだから、それくらい判るだろう?」

生娘《きむすめ》でも諭すみたいな口ぶりに、東井は呆気《あっけ》にとられた。

「こないだ『普通の店』だって言ってたのはどうなったんだ」

「普通の店でもそういう奴はくる」

「へぇ……」

よもや永見がその手の心配を自分にするとはだ。昔告白はされたが、まだ純朴だった小学生の頃の話で、以来精神的にも肉体的にも興味を持たれた節はない。

きっと同性愛者には自分は魅力的ではないのだろうと、東井は勝手に自己分析していた。けれど、そんな心配をされる程度には可能性があるらしい。

なんだかおかしくなった。おかしいのだろうと思う。でなきゃ、口元が笑ってしまいそうにむず痒《がゆ》いはずはない。

水のグラスに口をつけて東井が表情を殺せば、永見は深酒の理由を問い質《ただ》した。

「なにがあった?」

「べつになにも」

短い返事には、あからさまな溜め息と落胆の表情が返ってくる。

「成長しないな、おまえは。十年前と同じだ。どうせまたなにかあったら、おまえは黙って消えるつもりなんだろう?」

「どうだろうな。転職するわけにもいかないし、そうそう行く先もないしなぁ」

「勝手に消えられて待つほうの身になって考えたことあるか？」

磨きかけのグラスをカウンターに置く音が、カタリと小さく響いた。

艶《つや》やかなガラスの上を、走馬灯の光が優しく舞う。

「嘉博？」

「途中でおまえに戻る気がないのは判ったけど、最初のうちはずっと待ってたよ。留学やめたって、人づてに知ってな。親父さんの会社がやばくて、この近くの住んでたマンションも売り払ったって聞いて、おまえはどうしてるだろうって心配したよ」

「そりゃあ……悪かったな」

「待ってれば訪ねて来てくれるだろうって思ってた。来ないと判って……今度は、きっと落ち着いたら来るんだろうって。おまえが考えるほど簡単に諦《あきら》めたわけじゃない」

見つめる眼差《まなざ》しに責められ、逃げたくなった。

「実はおまえが来たんじゃないかって、思ったこともあったんだ」

「え……」

「いつ頃だったかな……大学んとき、おまえの居所が判らなくなってすぐだ。夜中に風呂に入ってたときに知らない奴が家に来て、『間違い』だって言って帰ったって。俺の代わりに出た奴から聞いて、慌てて表を見に行ったけど、もういなくなってた」

『ふうん』と生返事をするつもりが、言葉に詰まった。

「束井、俺はすぐおまえだって思ったよ」

「……さぁ、知らないな」

「本当か？」

最悪だったあの夜、雨に打たれて会いに行った。

どうしても会いたかった。

「なんで俺が嘘を言わなきゃならないんだ」

自分でも理由が判らないまま、束井は咄嗟《とっさ》に嘘をつく。

大人になって磨きがかかったものと言えば、ポーカーフェイスぐらいだ。

「……そうか。俺はおまえだったら嬉《うれ》しいと思ったし、おまえだったら……どうして帰してしまったんだって、後悔したよ。友達なら困ったときは助けるものだろう」

「べつに、俺はそういうのは求めてないから。お前自身が元気にしてたなら、それでいいよ」

「艶、今日はなにがあった？」

納得しない眼差しに囚《とら》われる。永見は昔から、なにか強く言いたいときだけ名前で呼んだ。

束井はすぐには応えずに、グラスの水を飲む。話している間も、沈黙の間も、マイペースに走馬灯だけが回り続けていた。温《ぬく》もりを感じさせる橙色《だいだいいろ》の光は、子供の頃に初めて二人で眺めたときと変わりない。

無言のときが流れる。左から右へと、何度目かの天使や星々が駆け回り、束井は根負けしたようにぼそりと言葉にした。

「嫌な仕事が入った」

たった一言。

「……それだけか？　もっと話せよ」

不服そうに永見は言ったが、束井にとっては大きな違いだ。誰かに荷物の一部を預けるようなのは得意じゃない。けれど、不本意に思いつつも、正直心は少し軽くなった気がした。

カウンター越しに長い腕が伸びてくる。

「おつかれ」

くしゃりと大きな手に髪を撫でられ、子供のような扱いを受けた束井は、内心戸惑いつつも何事もなかった顔で上目遣いに男を見返した。

「もう帰る。明日も仕事だ。先月分払ってない奴がまだたんまりいるからな。絞りにいかないと」

「電車、終わってるぞ」

「タクシーで帰る」

水のグラスを空にして立ち上がりかけると、慌てたように声をかけられた。

「泊まっていけばいい。じきに夜が明ける」

そんな言葉が来るとは思ってもなかったので、驚いてしまった。

もしかして、最初からそのつもりでいたのか。だから眠っても無理に起こさずに放置していたのだろうか。

顔を見つめ返すと、男はバツが悪そうになって言った。

「明日も仕事なら少しでも早く寝たほうがいいだろ。ちょっと待ってろ、すぐ片づけるから」

カウンターに並んだグラスを棚にしまい始める。磨く必要があるようにも見えなかったグラスの数々。最後に走馬灯の明かりを落とし、永見は奥の自宅に向かう戸口へと東井を促した。

二階は昔と変わっていなかった。一時は人に貸していただけあり、家具や内装の一部は変化がある。けれど、その間取りや特徴的な黒い床板は、子供の頃に遊びに訪れたときのままだった。

「結構、綺麗《きれい》にしてるんだな」

懐かしい気持ちを伏せて言う。

「そうか？　二階はあちこち古いままだから、ガタがきてる。床板踏み抜くなよ」

「えっ、どこ？」

「冗談だよ。そこまではひどくない。シャワー浴びて来いよ、布団を敷いておいてやる」

冗談なんて言ったわりには永見は淡々とした口調で、東井を風呂場に案内した。愛想がないわりに甲斐甲斐《かいがい》しく着替えやらタオルやらを用意する。

新品の歯ブラシを『ほら』と握らされ、素っ気《そけ》ないくせして、なんだか新しい犬でも迎えた飼い主みたいだなと思った。

勧められるまま歯を磨いて風呂に入って、熱いシャワーで体を洗い流しながら、ふと昔もこんなことがあったのを思い出した。たしか犬と飼い主の設定は逆だが、永見に世話を焼かれて——

『気持ち悪ぃな』

クラスメイトにそう言われたのだ。

中学の修学旅行のとき、『ホモみたいだ』とからかわれた。

どうして急に思い出したのだろう。

心のどこかがざわざわとざわつき、騒がしいまま風呂を上がった。部屋に戻ると、ベッドの横に布団が敷かれており、時刻はもう二時になろうとしていた。

永見は続き部屋の六畳間で壁際の座卓に向かっている。

「まだ寝ないのか？」

「ああ、店の集計があるんだ。もうちょっとしたら俺も風呂入って寝る」

ノートパソコンで集計なんてなんだか似合わないなと思いつつ、『お先に』と布団に入った。

使い慣れているわけではないようで、響いてくるキーを打つ音はたどたどしい。ふっと微笑《ほほえ》ましさを覚えつつ、束井はごろんと仰向《あおむ》けになった。

頭上に窓が見えた。あまり大きくはない窓だ。けれど、人が二人並んで表を覗くのにちょうどいいサイズの窓で、そういえば子供の頃も永見と一緒に表を覗いた。

春は街路樹の桜を眺め、夏には風を求めた。

秋は落葉した木々の向こうに、見通しのよくなった街が見え、そして冬には結露した窓に落書きをして遊んだ。

大人の今は、夜が明けるのを見てみたいと思った。

暗い夜が白々と明けていく様を、この窓から見てみたい。

そんな突拍子もないことを思ったのは、すでに寝ぼけていたからだろうか。いつの間にか重たくなった目蓋を閉じていた。

意識だけが、まだ眠りにつきたくないと抗《あらが》い、隣の部屋からの微《かす》かな音を耳で追う。途切れ途切れのリズムで響いていたキーを打つ音は、やがて聞こえてこなくなり、こちらに近づく人の気配を感じた。

「艶、寝たのか?」

束井は応えなかった。応えたくとも指先一つ動かせず、肉体は下りた目蓋と一緒に眠りについていた。

頭上をなにかが掠めた。吹き上げる風のようにそれは束井の髪を揺らし、それでも重たい目蓋を閉ざしたままでいると、今度は確かな動きで触れた。

男の大きな手が髪を優しく搔《か》き撫でる。

ゆるゆると、するすると。

髪を梳《す》かれる行為は心地よかった。ずっとずっと、このまま窓の外が明けていくまで続けてほしいなんて夢心地に考えていると、それまでと違う感触を肌で感じた。

なにか温かく、そして柔らかなものが額《ひたい》に押しつけられた。


九月になってもしばらく街の熱気は冷めないままだった。

このところ好天気も続いていて、事務所の窓から眺める青空の下の街は、午後の日差しに包まれて眩《まばゆ》く映る。社長椅子を揺らしてそれを眺めていた束井は、深い背凭《せもた》れに体を預けたまま、今日の洗濯指数でも問うみたいに尋ねた。

「なぁ妻田、男を押し倒したいって思ったことあるか？」

背後の机で本のページを捲《めく》る音が止まった。

「ありません。押し倒されたことならありますが」

まさに洗濯指数でも答えるみたいに端的な返事が寄越された。事務所にはまた三人しか残っておらず、『ええっ⁉』となったのは、質問の蚊帳《かや》の外の紅男《べにお》だ。雑用で書類整理を任せ

ていたが、棚の前でヤンキー座りの男は役目をそっちのけで振り返る。

「専務を押し倒す野郎がいるんすか⁉」

「昔の話だ。学生時代にちょっとな。舎弟だと自称して懐いていてくれていた奴だったんだが、知らないうちにその気《け》を持たれてたらしい」

昔と言っても、美少年が成長の過程で節足動物のような変態を行い、フランケンになったわけではないだろう。

「それでどうしたんすか⁉　ぶっとばしたんすかっ？　ま、まさか……」

妻田は騒ぐ紅男には構わず、話を振っておきながら無反応で窓の外を見たままの東井に確認する。

「若社長、今の質問は終了したんですか？」

「そうだな。だって押し倒されたほうじゃ話が違うだろ。おまえは自分の意志でそうしたいと思ったんじゃないからな」

「誰か、そうしたい方でもいらっしゃるんですか？」

「いや。どうなんだろうと思って」

「なにがです？」

「俺はその気がある奴を、やりたい気にさせると思うか？」

東井は椅子を回転させ、妻田を見た。

男はしばし黙って見つめ返したのち、洗濯指数と変わらぬ口調で返す。

「自分を襲おうとする奴がいたんですから、若社長なら当然いるんじゃないでしょうか」

極めて真面目《まじめ》に検討してみたようだ。

「ふうん」

鈍い反応で話を終え、妻田もそれ以上追及しては来なかった。紅男だけがしばらくそわそわとこっちを窺《うかが》っていたが、続かないと知り、渋々元のヤンキー座りで書類整理に戻る。

束井はそっと髪を弄《いじ》る素振《そぶ》りで額に触れてみた。

二週間ほど前、永見の部屋で寝入り際に覚えた感触。髪の間をそよぐ指に、柔らかく押しつけられたもの。あれは夢だったのか、それとも現実だったのか、定かではない。

バーの客に気をつけろなんて言われたばかりで、妙に意識した。子供じゃあるまいし、普通男が男の寝顔を見つめてデコチューはないだろう。

朝は特に変わらぬ永見だった。ただ束井だけが収拾をつけがたい気分で、新しく生まれた記憶の置き場に困ってでもいるみたいに、こうして何度も思い出している。

まるで、あの告白の記憶みたいに。

夜になり業務を終えると、束井は戸締りは妻田に任せて事務所兼住宅のマンションを後にした。

月頭は回収も忙しく、バーへは足が遠のいていたから半月ぶりだ。

ドアを開けると店がやけに賑やかで驚いた。

「おまえ、頭になにかついてるぞ」

カウンター内の永見の頭というか耳元には、大きなピンクの薔薇《ばら》が一輪挿さっている。ワンピースの再来かと思った。

「花だ」

「それくらい見れば判る」

「今日は貸切で、蜂木《はちき》さんの誕生日パーティなんだ」

「へぇ……」

店の奥からわざわざ出てきた蜂木の姿に、誰が永見に花を挿したのか判った。頭にブーケのヘッドドレスをつけた上機嫌の男は、ゲイバーのママみたいな声音で言う。

「あら、来てくれたんだ〜」

「貸切なんて知らなかったから、間違えて来てしまっただけだ。いい迷惑だな」

「そりゃあ悪かったわね。お詫《わ》びに奢《おご》るから飲んで行ってよ。盛り上がってるから、さあさあほらほらぁ」

誰の店だか判らないという突っ込みは面倒なのでしなかった。

店内は知らない客ばかりだ。いつもにもまして、性別の怪しい客が多い。

蜂木が奥の席に戻ると、ロウソクが何本立っているんだか判らないハリセンボンみたいなケーキが出てきた。『ちょっとぉ、ロウソク多すぎるんじゃない？』なんて蜂木は頬を膨らませ、陽気に始まった歌に、東井は静けさを求めてカウンターの壁際の席に座る。

腹いせのように高いスコッチを頼むと永見が言った。

「これは俺が奢ってやる」

「おまえが奢る義理はないだろ」

「誕生日が近いからな、おまえも。十月の初めだろう？」

言葉に東井は少なからず驚いた。

「なんだ、自分で忘れてたのか？」

「いや、忘れてないよ。今年は免許更新なんだ」

「忘れたらやばいな。ひと月前から受付けてるんだし、早く行っておけよ」

相変わらずお節介な保護者みたいなことを言う男は、水割りのグラスをカウンターに差し出しながら、余計なひと言を添えるのを忘れなかった。

「飲み終わったらちゃんと帰れよ」

「……なんで？」

「今夜はこのとおりだからな」

箱入り娘のように心配されるいわれもないと、東井はむすりとした反応でグラスを手に取る。

永見はテーブル席の蜂木たちに呼びつけられ、オーダーを取りに行った。一度カウンターを出たが最後、モテ男はなかなか帰してもらえないらしい。ちらと振り返り見ると、過剰なスキンシップを取ろうとする客が順番待ちで、東井は表情のない目をしたまま視線をカウンターに戻した。

——人にはさっさと帰れと言うくせに、自分はお戯れか。

カウンターに片肘《かたひじ》を突いた東井は、無意識に額に触れた。

やはりあれは寝ぼけて見た夢だったのだろうか。

渋《しぶ》っ面《つら》をしつつも酒は美味《おい》しかった。リクエストをしなくとも、水割りは東井の好むトワイスアップだ。ウイスキーの香りを強く感じる濃いめの割り方で、味わうように飲む。

騒がしくて狭く感じられる今夜の店で、隣のカウンター席は空いていたが、しばらくすると見知らぬ男がふらりとやってきて腰をかけた。

「貸切なの知らなかったんだって？　ハニーに聞いたよ」

やけに馴《な》れ馴《な》れしい。同業の臭いはまるでしないが、ノーネクタイのジャケット姿も普通の会社員には見えず、年齢は同じくらいに感じた。

「ハニーって？　あんた、あいつの男か？」

「違う違う。蜂木だからハニー、ただのあだ名だよ。彼とはそういう付き合いをしたことはない。お互い好みが違うんでね」

べつにゲイの恋愛事情など知りたくもない。

聞き流すも、一向に気にした様子のない男は遠慮のないことをさらりと言う。

「綺麗な顔してるのにノンケなんてもったいねぇ」

「それもハチミツ野郎が言ったのか？　もったいないってどういう意味だよ」

「そりゃあもちろん、人類の半分は男なんだから二倍楽しめるのにって意味でしょ」

「半分でも持て余してんのに、面倒が増えるのはゴメンだ」

グラスの琥珀色《こはくいろ》の液体を喉《のど》に流し込みながら、正面を向いたまま束井は素気無《すげな》い口調で言う。

「言うねぇ。見た目どおり、女泣かせてますってタイプか」

「ご無沙汰《ぶさた》だよ」

「そりゃあ、本当にもったいない。この際、男も試してみるってのは？」

随分端的にものを言う男だ。けれど、持って回った会話より、ストレートでずっと楽に感じられた。

「試す価値があるのか？」

この会話を案外嫌がっていない自分がいる。

事務所では下ネタを振る者はいない。せいぜい風俗に行った行かないの話をする程度で、四六時中女のことばかり考えていそうな紅男ですら、東井に具体的に話しはしなかった。昔から顔のせいか、淡白だのお上品だのと思われがちだ。

枯れた生活を送っているのは、なにも倫理観の問題じゃない。良識なんてとっくにクソ食らえの生活で、一時は仕事のストレスから毎晩のように遊べる店に通ったこともある。けれど、仕事に麻痺《まひ》してくると同時に、性欲も憑《つ》き物が落ちたみたいに薄れた。

「へぇ、あんたも涼しい顔してスキモノだな」

隣の男とはしばらく話をしても職業も名前も知らないまま。そんな他人の性的指向を知るのは、ある意味新鮮だった。

「野郎のイチモツを舐め回すのが好きな男のほうが、よっぽどスキモノだろ」

忙しそうにカウンターを出たり入ったりしている永見が、さっさと帰れとばかりに睨《にら》んでいるのには気がついていたけれど、言うとおりにするのも癪《しゃく》で無視した。

さばさばと話す男は、とても自分を口説《くど》いているようには思えない。やはりゲイには興味を持たれないのではないか。永見がカウンターを出た隙《すき》に、若いバーテンダーにこっそりとスコッチのお代わりを頼みながら東井は思った。

小一時間が過ぎると、だいぶ酔いも回ってきて、眠気にベッドが恋しくなった。そろそろ帰ってやってもいいかと、あてつけがましく思いながら席を立つ。トイレに寄ろうとすると、隣の男が『俺も行く』とついてきた。

「連れションって年じゃないだろ」

女子供じゃあるまいしと呆《あき》れたが、結構飲んでいるようだから、やばいのかもしれない。

店のトイレは個室一つと小便器があるだけだ。奥の個室を譲ったつもりが、男は東井のすぐ後ろで終わるのを待っていて落ち着かなかった。

どうにか用を足し終え、やや急ぎ気味にスラックスのファスナーを上げようとしたときだ。

突然男が両腕を回して抱きついてきた。

「ちょっ……」

「なに焦っちゃってんの」

「焦るだろ、普通」

「ふうん、ヤリチンで場数踏んでんのかと思えば、そうでもないのか。案外いい体してるね」

腰を抱いたかと思うと、まだ開いたままのスラックスのファスナーの内へ無遠慮に手を忍ばせようとする男に、冗談だろうと身を捩《よじ》る。

「あんな話してたら、どんなもんか気になっちゃうだろ。なぁ、ちょっと試してみる気ない？　さっきも言ったけど、俺フェラ得意だよ？　絶対気持ちよくしてやるからさぁ」

「間に合ってる」

「間に合ってんのは女だけでしょ。女なんかとは比べ物にならないんだって。ここの客なら、少しは想像したことない？　みんなどんなセックスやってんだろうって」

反論が遅れた。今でこそなくなったが、女とのセックスの最中に、何度も思い出していた男の顔が頭を過《よ》ぎる。

「マジ？　へぇ、ちょっとはあるんだ。じゃあ話は早い。触るだけ、口でするだけってのは？」

他人のモノを舐めてなにが楽しいのか。今一つ東井には判らないが、それも同性愛を理解しきれていないからなのか。

「やるならせめて個室にしろ」

「ラッキー、あんたみたいな綺麗な男とやれるなんてツイてるな」

「やるってフェラだけだろ？」

「もちろんそうだけど」

いそいそと個室に連れ込む男はすかさず鍵をかけ、東井と向き合った。身長がちょうど同じくらいだから、迫り寄られるとすぐに唇がぶつかりそうになる。

近づく顔に東井はすぐさま顔を背けた。

「さっさとしろよ。気持ちよくしてくれるんじゃなかったのか？　人が来るぞ」

「了解」

用を足し終えたばかりだというのに、男は性器に触れることも、口づけることも躊躇《ちゅうちょ》しなかった。狭い個室で東井はドア脇の壁に背を預け、男は便座に座って身を屈《かが》ませる。

スラックスのベルトが外され、ボクサーショーツの内から性器が露《あら》わになる。まるで兆《きざ》していなかったが、舐めたり咥えたりされれば、否応なしに形を変えるのが男の性《さが》だ。

酒のせいかちょっと反応は鈍い。けれど、テクニックはご自慢のとおり悪くなかった。

「あんた、本…当にスキモノ、もいいところっ……だな」

「……心外だな。こんなこと、脈なさげな奴にはしないでしょ」

「え……」

「ねぇ、気持ちよくイカせてあげるからさ、この後……」

男の声はそこで途切れた。

トイレに入ってくる人の気配を感じた。にわかに緊張感が走り、束井も男もぴたりと動きを止める。個室のドアがノックされ、当然男は自然を装いノックを返したが、ドアの向こうの人間は立ち去る気配がない。

「すみません、ほかのお客さんが使いたがってるんで、出てもらえませんかね」

しばらくして響いた声に、身を竦《すく》ませたのは束井のほうだった。

ドンドンと強くドアが叩かれ、諦めた男とともに身支度を整える。『待ってくれ』と束井が言う間もなく、逃げ出そうとする男がドアを開き、バーテン服の永見が姿を現わした。

「うちの店は個室は一つしかないんで、トイレ以外の用はご遠慮願えますか」

これ以上ないほど冷えた声だ。

静かだが凄みのある声に男はすごすごと退散し、後に続こうとした束井は腕を引っ摑《つか》まれた。

「こないだ言っただろ、気をつけろって」

先に出て行った男の押し開いたドアが閉まるのを横目に、永見は温度の下がったままの声で言う。

「気をつける？　おいおい、邪魔したおまえになんで説教されなきゃならないんだ」

「邪魔だったのか？　あいつとヤりたかったのか？」

「ヤるって、こんな狭いところで誰がするんだよ。ちょっと遊んでただけだ」

「遊ぶ？」

押し入られた決まりの悪さに、東井は殊更遊びを強調した。

「舐めてくれるって言うからさ、どんなもんかなってな。女にしかフェラしてもらったことねぇし……って、当たり前か」

しれっとした口調で言いながら、洗面台で手を洗う。鏡越しに見た永見はにこりともしないままで、内容とは裏腹に突き放すような尖《とが》った声音で言った。

「そんなことに興味あるなら、後で俺がやってやる」

「……え？」

「とにかく戻るぞ、来い」

店内に戻ると、蜂木も含め人の姿がごっそり減っていた。まだ数人残っているが、さっきまであんなに騒がしかった店は静かだ。戸惑った様子でカウンターの手前に突っ立っているさっきの男に、永見は慇懃無礼《いんぎんぶれい》な調子を崩さずに告げる。

「二次会の店が決まったから、どうやらトイレはそっちで借りることにしたみたいですね。急いでる人でもいたんでしょう」

「そ、そうか、悪いことしてしまったな。えっと、二次会はどこだって？」

永見が店の名を告げると、そそくさと立ち去る男は東井のほうを振り返る。

「君も来ない？」

「俺は……元々パーティのメンバーじゃないんで」

去り際の誘いはさらりと断った。反応が気になって永見を見ると、カウンターに入っていく男は背を向けていて表情は判らなかった。

──さっきのあれは本気なのか。

時間が過ぎるにつれて、ただの脅しだったように思えてくる。

保護者気取りの男の言うことを真に受けてそわそわしているなら間抜けだ。

残った客が全員出ていき、『後はやっとくから』と永見が声をかければ、若いバーテンダーの男も帰って行く。

「来いよ」

店の戸締りをした男が、店内の片づけもそのままに奥の自宅へと向かい、東井はようやく本気なのだと理解した。

「なんだ？　わざわざ狭いトイレでやる必要ないだろ」

「……それもそうだな」

嫌味にしか聞こえないことを言うから、こっちも愛想のない反応になる。これから色事を始めるとは思えない調子で二階へ上がり、促されるまま真っ直ぐに向かったベッドの端に腰を落とした。

「冴《さ》えない顔だな。フェラしてほしいんじゃなかったのか？」

「おまえが嚙みついてでもきそうだからな」

実際、誰の目にもおっかないと映るであろう顔をした男は、束井の言い草にふっと表情を緩めた。

「邪魔した責任は取ってやる」

責任もなにも、束井のものはもうすっかり萎《な》えている。ただ怖気《おじけ》づいているとは思われたくない意地で、黒いスラックスのファスナーを下ろし、下着を僅かにずり下げた。

くたりとなったものを無造作に取り出す。

「さっきは舐めてもらって、鼻息荒くしてたのか？」

「バカ、鼻息荒くしてなんか……」

「外まで聞こえてたぞ」

熱のない視線に感じた。声はいっそ冷えて感じられるほどで、床にしゃがみ込んだ永見が躊躇《ためら》いもなしに股間に顔を寄せるのが、やけにアンバランスな行為に思えた。

「あ……」

柔らかく温かなものが、敏感な性器に触れる。

あの感触だった。押しつけられた額で感じたあの感覚。戸惑う間にも唇は先端をやんわりと食《は》み、濡れた舌がちろりと伸びてくる。

「ちょっ……」

「こうしてほしかったんじゃないのか？」

声は冷たいくせして、嫌悪している様子はない。先端から括《くび》れへ、括れから根元へとぬるぬると舐め回され、隙間なく埋め尽くすような愛撫に、あの男が今しがた触れた場所をくまなく辿られている感じがした。

上書きされている。

本当でも偶然でも、そう考えてしまっただけで戯れは意味を持つ。

「な、永見…っ……」

東井の性器はすぐに半勃《はんだ》ちになった。

口にすっぽりと取り込まれ、吸い上げるような動きでしゃぶられると、堪らずもじりと腰が動く。逃れようと左右に揺すった腰を、永見は両手でしっかりと抱え込み、完全に勃起するまで離そうとしなかった。

ねっとりと上下する熱い粘膜に、持って行かれそうに性器を擦《こす》り立てられる。大きな飴玉みたいに舐め溶かす間にも、手指はするりと下着の奥へ滑り込んできて、凝《しこ》った袋を弄《もてあそ》んだ。

「あ…ぅ……」

確かにツボを押さえた男からの口淫は、素人《しろうと》女の拙《つたな》いそれとは比べるべくもない。かといって、玄人《くろうと》の技巧的なだけのやり方とも違う。

「……束井、気持ちいいか?」

先走りの浮く屹立《きつりつ》を唇で啄《ついば》みながら、永見は言った。

「どんなものか知りたかったんだろう?　いいのか?」

再度問われて、束井は素直に頷《うなず》く。

「……いい。すげ……感じる」

答えた弾みに、先端の裂け目に浮いた滴がとろりと溢《あふ》れた。張りつめた幹を伝う先走りを、永見は分厚い舌の先で掬《すく》い、艶めかしく拭《ぬぐ》い取る。ひくひくと感じて頭を振る昂《たか》ぶりを、愛《いと》おしむかのように何度も舐め上げては、また根元まで咥えてしゃぶった。

永見の愛撫は、あの男ともまるで違う。やけに丁寧で、本気で自分を感じさせたいと思っているかのようだ。

「……は…ぁ」

さっきからはぁはぁと騒がしい。なにかと思えば自分の息遣いだ。トイレなら本当にドア越しにも聞かれそうな声だと思うのに、永見はまるで正反対のことを言う。

「おまえは大人《おとな》しいから判りにくいな」

「おとなし…って……」

「出すときはちゃんと言えよ」

冗談じゃないと突っ張り切れなかった。男同士のやり方なんて詳しくない。快楽に浮かされるほど判断は鈍った。

ひくつき始めた小さな穴を、舌先でくじって煽《あお》り立てられ腰が上下する。ベッドのスプリングを尻《しり》で軽く弾ませながら、束井は限界を訴えた。

「……んっ、あ……出そう。永見、もう……出る」

後ろ手に触れたシーツを指で手繰《たぐ》り、ぎゅっと握り締める。

無意識に腰が迫《せ》り出した。永見にしゃぶられたところから迫り上がる快感に、下っ腹のほうまでせつなく疼《うず》く。熱いものがすぐそこまで来ているのを感じた。

「…ぁっ……」

口腔深くへと性器は招かれ、ねとりと絡《から》んできた熱い粘膜に甲高い声でも上げそうな愉悦が湧く。腰を動かしながら躊躇う間もなくびゅっと放ったものを、永見はあろうことか喉奥で受け止めた。

「あ……」

女ともご無沙汰だったのは嘘じゃない。他人に精液を飲まれるなんて久しぶりで、束井はちょっと本気で狼狽《ろうばい》した。

「なっ……なんで飲むんだ？」

「飲んだら悪いのか？」

「悪い……とかじゃなくて、おまえなにやってて……汚い、だろ」

汚い思いをしたのは永見のほうなのに、情けない声が出る。

永見は微かに笑った。

「どんな淫奔《いんぽん》生活送ってるのかと思えば、案外純情なこと言うんだな」

「純情…って……」

反論は体を転がされて言い損ねた。

射精の余韻に脱力した身は、押されるままベッドへと横たわる。

「も、もう終わっただろ？」

間抜けな問いは、それこそ純情ぶってでもいるみたいだ。

けれど、本気でよく判らなくなっていた。

永見は自分の欲望に応じただけではないのか。だったら、もう目的を果たしたのだから、ベッドに転がされる理由が見当たらない。

「永見？」

見下ろしてくる男の表情がどこか険しい。

「ついでだからもっとしてやる。空にしとかないと、おまえはまたどんな無茶をするか判ったもんじゃないしな」

「俺はそんな淫乱じゃな…っ…ぁう……」

逐情したばかりのものを握り込まれ、息を飲んだ。少しずつ張りを失おうとしていた性器には望まぬ刺激でしかない。けれど、鈴口をぬるぬると濡れた指で弄られたり、括れを執拗《しつよう》に揉《も》まれるうちにまた兆してくる。

再び硬く芯の通った性器を、永見は満足げに手のひらで包み上下させた。

「んっ……あ……」

びりびりと快感が走る。無駄のない動きで扱《しご》かれ、東井は布団の上の体を波打たせた。『もう一回するか？』と問われ、こくこくと頷く。

今度は手淫かと思えば、永見は乾いているほうの手で服を脱がせ始めた。スーツが皺になるのは東井も避けたい。ジャケットにスラックスを脱いで放る。シャツのボタンまで外し始めた男にやや戸惑いつつも、されるがままでいると、永見は晒《さら》した裸体に驚きを見せた。

「……おまえ、運動でもやってるのか？」

高校のときと変わらず細身のままだが、昔よりずっと見た目にも締まっている。

「ああ……時々な、ジムに行ってる。こんなヤクザな稼業、なまっちょろい体のままじゃやってられないだろ。まぁ……気休めだけどな」

妻田の指のことがあってから、体を少しなりと鍛えるようになった。

自分のためじゃない。

「……永見？」

シャツの前を握り締めたまま、動きを止めた男を訝《いぶか》しんだ。

その気を失くしたのかと思った。昔、永見が付き合っていたタイプは様々だったが、どちらかというと色白で華奢《きゃしゃ》な柔らかそうな体の男が多かった。

目が合うとどきりとなる。否定的な想像とは裏腹に熱っぽい眼差しで、その喉元の膨らみが上下したかと思うと、返事はないまま黒い髪の頭が下りてくる。

「なっ、なに……ちょっと、おまえ……」

薄く張った胸筋の上を、忙《せわ》しなく這う唇。高い鼻梁《びりょう》の鼻先が触れるのが、ペンで突《つつ》かれてでもいるみたいでくすぐったい。脇腹から胸へのルートを辿る唇は、何度か貪《むさぼ》る仕草で食らいつき、それから左右の膨れた印を狙《ねら》い澄ました。

「あ……」

ちゅくっと音を立てて吸い上げられ、舌先で粒を弾《はじ》き転がされる。

「……ちょっ…と、待っ……」

膨れた乳首をちろちろとはね上げながら、永見は残った下着を両足から抜き取った。戸惑ってくねらせた身をその体軀《たいく》で封じ、片足を胸までつくほど抱え込む。

曝け出された狭間《はざま》がひやりとなった。

アルコールで火照《ほて》った体の奥を探り始めたのは、今度は無骨な指だ。

「永…見、嘘だろ……」

ここまでくればさすがに判る。これが、ただのフェラや手淫なんかじゃないということを。

永見は自分とセックスをする気でいるのだと。

「う…ふっ……」

意識してもいなかった場所に指が触れ、妙な声が出た。口淫のときと同様、永見には一切の迷いがない。慣れた手つきで硬く閉じた場所を開かせる。自身の先走りに濡れた指を潜られ、束井はこれまでにないほど動揺して、シーツの上の頭を揺らした。

「あっ、ちょっ…と…っ……」

窓明かりだけの部屋でも、束井の艶めく髪はよく光る。長い指を穿《うが》たれて揺らす様に、永見は押し殺した息遣いで言った。

「……おまえがどんな顔してセックスするのか、ずっと気になってた」

仰いだ先にあるのは、普段の飄々《ひょうひょう》とした顔ではなく、獲物でも前にしたみたいな鋭い眼だ。生け捕りにされて心臓が弾む。その牙《きば》に喉元をがっぷりと食いついてでもほしいのか、どくどくと鼓動が壊れたみたいに高まる。

永見の言葉はいつも自分自身が考えていたことだった。

気になって仕方がなかった。

おまえがどんなふうに男を抱くのか。

『俺も』と深く考えもせずに応えようとした東井に、永見は続けた。

「いつも不感症みたいな態度してるからさ」

「お、俺は……不感症じゃない」

「そうみたいだな。また……こっちも濡れてきた……」

さっきから、意図せず腰が動いていた。放置されたままのものは上向いて震え、揺れる度に先走りが先っぽから淡い草むらに覆われた根元へと伝う。

「んっ……んっ……」

次第に甘い声を上げ、東井はもっともっとと大きく腰を振った。

永見の指を飲んだところが、馬鹿みたいに感じる。そこに触れて判るポイントでもあるのか、しこりでも弄るみたいに指の腹で的確に探られ、高い声を上げそうになっては唇を噛みしめる。

「聞かせろよ、もっと声」

「悪趣味……だな。男の喘《あえ》ぎが……聞き、たいのか？」

「ああ……聞きたい。おまえが泣いて腰を振るところが見たい」

「は…っ……生意気な口、噤《つぐ》んでか？」

照れ隠しに誤魔化《ごまか》したところで、じわりと頬《ほお》が熱くなる。

どうして今になって自分とセックスをするのか。

何度か問おうとしたけれど、言葉にならない。なんと尋ねればいいのか判らないし、その答えを知るのは怖い気がした。ただの勢いでも戯れでも、互いの熱を今は冷ましたくないと思っていたのかもしれない。

疑問は宙に浮かせたまま、東井は口元を覆った自身の手の甲に歯を立て、かぶりを振った。

「うう…っ」

バーテン服の黒いスラックスの前を寛《くつろ》げた男が、熱の塊を押し当ててきた。

腰を抱えて指で綻んだ穴を上向かされ、恥も外聞もない姿に足を開かれる。本来の用途でない行為は、すごい抵抗感だった。多少柔らかくなったとはいえ、規格外の杭《くい》でもぐいぐい押し込まれているみたいで、きつく永見のものを締めつける。

見下ろす永見の顔も歪んでいた。

「こっちは……本当に、初めてなんだな」

「あっ、当たり前だ。俺をなんっ…だと、思ってんだ」

「だったらどうして軽い振りなんかするんだよ。簡単にヤれる男みたいな振り、あんな奴に……見せんな」

「ヤらせる気なんかなかったって、何度も言っ……あっ、待っ、動くな…っ……」

軽く腰を揺らされただけで、ズンと奥まで重い衝撃が突き抜ける。

「ひ…ぁぅっ……」

「……艶」

低い声とともに、熱い息が口元を掠めた。

知らぬ間にぎゅっと閉じていた目を開くと、すぐ傍《そば》に永見の男らしい顔はあった。

「あ……」

見つめる眸《ひとみ》が僅かに近づいただけで、唇が触れ合う。

「……んっ」

戸惑いつつも、避けることはしなかった。

至極当然の成り行きのようにキスをする。すぐにぬるっと入り込んできた舌をなぞり合い、顔が離れると見つめ合った。束井が嫌がらないのを見て取ると、永見は次はもっと深く口づけてきた。

「んん…っ……ぁ……」

口腔をくまなく掻き回して、全部覚えようとでもするみたいなキス。ぐちゅっと合間に下肢のほうから音が鳴り、永見が腰を深く入れた。軽く引き出してはまた入れる抽挿《ちゅうそう》の動きに、束井は『んんっ』と抗議するように啼《な》いて、絡《から》ませ合った舌から逃れようとする。

少し離れても、すぐに男の熱っぽい舌は口腔内を追いかけてきた。根っこから裏まで舐め尽くされ、陥落する。唆《そその》かされて舌を差し出し、永見の口の中まで侵入させた。

「……ぅ、んっ……」

きつく吸いつかれ、唾液まで啜《すす》るような激しいキスを施されながら、腰を打ちつけられた。身の奥に穿たれた熱い昂ぶりが、あの快感の溢れるスポットを何度も何度も押し上げる。

「んっ、う…ぅ……」

「……イケそうか？　艶、きつくないか？」

ようやく離した唇はもうどちらのものか判らない唾液に濡れていた。滅茶苦茶に貪っているくせして、声音は優しい。

——どうして。

また膨らみそうになる疑問は、風船でも割れるみたいに快楽の前に弾ける。

重なり合った下腹に、束井の張り詰めた性器はもみくちゃになった。

「あっ、は…っ……は っ……」

熱を逃そうと必死で息を継ぐ。苦しいのとは違う。くちゅくちゅと蜜でも掻き回すような音が、繋がれた場所からは響き続けていた。

綻んでいるのが判る。入り口も奥も、たっぷりと潤されたみたいに蕩《とろ》けてきて、永見を味わって悦《よろこ》んでいる。

「うっ、や……」

ぶるぶると頭を振り、束井は身を仰《の》け反らせた。

堪《こら》え切れない声が零れ落ちる。

「あぁ…んっ……」

封じようとした束井の手を引っ摑み、永見はシーツへと押しつけた。穿ったものを引き抜いてはまた深く沈め、淫靡《いんび》な声を引っ張り出す。

息も絶え絶えの声で、束井は啼いた。

もうどうにもならないほど感じていた。

自分がどこまでも崩壊していきそうな予感に身を震わせる。

「……やっ、くそ…っ……いや…だ」

「艶……」

耳元に吹き込まれる声にさえ、ぞくりとなった。ただ名前を呼ばれただけでも、今はどうにかなってしまいそうに感じる。

「やっ、やっ……そこ、も、嫌…ぁっ……」

こんな蕩けた甘え声を響かせているのが、自分だとは受け入れたくはない。

「あっ……や……」

「気持ちいいか？　艶……ここがいいか？」

「ふっ……ぅ、あっ……あぅ……ん……」

「おまえは……ここを捏《こ》ねられるのが好きなんだな。こうやってゆっくり擦るのも……」

「あぁ……っ……んっ、んっ……」

永見の長い指が入り口を這った。捲《めく》れそうに開いた縁をぐるりと指の腹でなぞられ、東井は頬張《ほおば》ったものを啜り喘いで締めつける。

右手で男の広い背を叩いた。

「……嫌だったか？　けど、イイんだろ？　俺は気持ちいい。艶、おまえん中……気持ちいい」

永見は掠れ声で言った。

荒く乱れた息遣いも、淫《みだ》らな言葉や声も、初めて知った。

昔、永見が抱いてきた恋人みたいに、自分も抱かれている。こんな女みたいな扱いは冗談じゃないと思うのに、ずぶずぶと官能に溺《おぼ》れていく。

嫌じゃなかった。

ずっと、どんなふうに男を抱くのだろうと思っていた。淫らな妄想を膨らませ、友人であるはずの男のセックスを何度も何度も自分は想像した。

その男と今こうして深く繋がれている。

望みどおりだ。

そう思った瞬間、深い深い霧が晴れるように、東井は自分の欲望を理解した。ずっと自分もこんな風にされたかったのだと。あのときもあのときも、きっと自分は長い間この男を欲して――

「……ああっ」

びくんと繋がった腰を跳《は》ね上げる。

「すごいな……艶、おまえ…っ…そんな顔、できるんだな」

快楽に溶かされた自分はどんな表情をしているのだろう。

頬が発熱したみたいに熱い。

身を覆う黒いスーツを剝《は》がれ、服も言葉も取っ払われた東井は、自分が頼りないものに戻った気がした。無垢《むく》で求められるまま笑っていられた子供の頃のように。

黒い烏《からす》も羽をむしれば、ただの鳥だ。禍々《まがまが》しさなど、まやかしでしかない。

「………ひろっ」

欲しい。

「よし、ひろ…っ……あ、もうっ……」

欲しい。欲しい。

「……艶っ」

応える永見は何度も深く腰を入れた。突っ張ったように反り返った性器は、上向いて男の腹を突っつく。とろとろと粘度の高い先走りが零れ始め、ひくひくと先端の綻びが喘いで射精が近いのを知らしめる。

「もっ、あっ……嘉博、もう…イクっ……」

束井はもじりと腰をくねらせ、中のものを締めつける。

「……艶、くそ……俺も、もたない……」

呻いた男がどっと覆い被《かぶ》さってきた。その身に押し潰され、息苦しさに快感は遠のくどころか増した。自分より背も高いし、圧迫感があるから嫌いだなんて昔は言っていたのに、その体に囚われ吐息を聞かされると一層感じてしまう。

射精感に身を震わせる束井に、思い出を共有する男は恨みがましい声で言った。

「俺の声とか……体とか、おまえ嫌いだったんじゃないのか?」

「いい、そんな…の、どうでもっ……いいっ……」

なにかから逃れようとでもするように、悦楽に溺れた。ぶつかり合い、擦れ合う。こんな無我夢中なセックスは初めてで、束井は覚えたこともないほどの興奮に煽られ、男の首筋にしがみついた。

「あっ、あっ……なぁ、もうっ……もう、嘉博っ!」

窓を見ていた。

星のない窓を。

酒も入って元々ベッドが恋しくなっていた束井は、いつの間に寝入ってしまったのか、目覚めると一時間以上が過ぎていた。

隣に永見の姿はなかった。階下で感じる人の気配に、店の後片づけにでも戻ったのだろうと思ったけれど、すぐに下に向かう気にもなれずそのままベッドでぼんやりした。

裸の身に布団を頭から被り、あぐらをかいて座ったまま茫然《ぼうぜん》と窓辺を見る。星が出ていないことにも気づいていなかったが、たとえ雹《ひょう》がガラスを叩き始めようと気づかなかったかもしれない。

永見と寝てしまったことよりも、突きつけられた自分の想いを持て余しきっている。快楽とは大したものだ。こんな大事《おおごと》をとりあえず脇に置かせて、色事に没頭させるなんて。無責任に吹き荒れた嵐が去ってみれば、置き土産の大きさ重さに途方に暮れる。

自分はどうやら幼馴染《おさななじ》みの男に対し、性的欲求を伴う感情を抱いているらしい。

正直、これほどに気持ちのいいセックスは久しぶりだった。もしかすると、初めてかもしれない。同性と寝た経験なんてないのだから、比べること自体が愚かだ。

今も快楽の余韻か、腑《ふ》抜《ぬ》けたように身に力が入らない。腰の奥の鈍い違和感。ふと見下ろした胸元に点々と散った赤い口づけの痕《あと》に、心が乱される。ぶわりと溢れそうになる感情が、ずっと以前から抱えていたものであるかと思うと、ますます途方に暮れた。

いつまでも布団を被ってぼうっとしているわけにもいかず、ベッドから下りてみる。

永見は一向に二階へ戻ってくる気配はなかった。束井は服を身に着け、洗面所を借りて顔を洗った。鏡に映る、目元の赤い顔。見たこともない頼りない子供みたいな顔をしていて、普段の自分がいないことに束井は焦りを覚えた。もう一度冷たい水で顔を洗った。

明かりの点け方がよく判らず、階下の店に続く戸口から漏《も》れる光を頼りに階段を下りた。戸口からそろりと覗けば、永見はカウンター席にいた。

後片づけをしているとばかり思っていた男は、シートに腰をかけ、一人でグラスを傾けている。氷の入っていないロックグラスだ。琥珀色の液体はウイスキーか、永見が酒を飲む姿を見るのはそういえば初めてだ。

「……束井、起きたのか」

気配に気づいた男がこちらを見た。

やや焦ったようなその表情に、歓迎されていないのだと感じた。束井は革靴を引っかけて戸口から店のフロアに下りながらも、殊更軽い調子で言う。

「なんだ、一人でお楽しみか」

「おまえはもう十分飲んだ後だろう。俺に隠れてこそこそとスコッチのお代わりまでしてたじゃないか」

永見が離れた隙に、もう一人のバーテンダーに作らせていたのはバレていたらしい。

「……ちょっと飲みすぎだったかもな。おかげで羽目を外しすぎた」

言い訳を口にしたのは、あんなに乱れてしまい照れ臭かったからだ。自分でもまだ信じられない思いがある。

東井の誤魔化しをどう受け取ったのか、カウンターの男はどこか冷ややかに応えた。

「おまえは酔ってたんだろうが、俺は酒は入ってなかった」

「なんだよ、人のせいにするのか？　おまえだっていい思いしただろうが。あんなことまでしといて……」

「そうだな。責任を取るだけのつもりが、歯止めが利かなくなった。俺の理性も大したことないな」

永見は横顔を向けると、グラスの酒を飲む。

不意に思い詰めたように響いた言葉の意味が判らない。責任と言われても、東井には一瞬なんのことだか判らず、考えあぐねてようやく今夜のきっかけがトイレの一件であったのを思い出した。

「東井、悪かったな。しばらくご無沙汰だったんで……って、最低の言い訳だな。正直言う。俺もあの男と大して変わらない。おまえの色香にやられた」

本当に最低だ。言い訳も本音も。

あんなに激しいセックスをしておいて、理由は欲求不満だったとでも言うつもりか。

——それならそれでいい。仕方ない。

最後はイレギュラーだったけれど、最初がただの戯れなのは同意の上だ。突っ込まれたくらいで責任取れだのと言うほど女々《めめ》しくはない。

そう納得しつつも、気の抜けたような肩透かしは否めなかった。

「おまえならいくらでも相手はいるだろ？　店だって、いつもモテてるじゃないか」

「誰でもいいと思ってた頃もあったけど、そういうのはもう虚《むな》しくなった」

「へぇ……」

今もそうやって虚しくなって酒を飲んでいるというわけか。

「こんな危ない奴が店を仕切ってるようじゃ、おまえはもう酒は飲まないほうがいいかもしれないな」

出禁でも言い渡すつもりか。来いと言ったり、来るなと言ったり、勝手な男だ。

そんな文句も言い返す気になれないほど、東井は茫然となっていた。

いきつけのバーがなくなったおかげで、酒浸りの夜も減り、随分と目覚めのいい日が続くようになった。

「次の方どうぞ」

声掛けに列が動き一歩前に進む。平日の午前中、束井は運転免許証の更新のために都庁にある更新センターを訪れていた。外は清々《すがすが》しい秋空だというのに、朝から工場のレーンにでものっけられたみたいな流れ作業で、受付から始まった手続きは視力検査まで終わり、今は写真撮影の列に並んでいるところだった。

あと少しで自分の番が回ってくるというとき、電話が入った。

「午前中はいないから、適当にあしらっておいてくれって言っただろう」

画面の着信名を確認した束井は、相手の声も聞かぬまま言う。耳に押し当てたスマートフォンからは妻田の冷静な声が返ってきた。

『それが急に来られて、事務所に居座られてしまいまして』

「なんだ、また庄田《しょうだ》のオヤジか？」

アポなし来訪も珍しくない男を思い出して応えると、妻田は否定した。

「え……」

客の名を聞いた束井は瞠目《どうもく》した。

『あと一時間くらいで戻る』と告げ電話を切る。列は撮影ブースの直前まで進んでいた。入るように促されてもまだ手鏡で盛んに前髪を調整している女がいたが、ファンデーションのコンパクトまで取り出し始めたのを見ると、束井は無言で追い越す。その間、まったく顔の筋肉を動かすこともなかった。短いお決まりの講習の後、カウンターで新しい免許証を受け取り、財布に突っ込む際に目にした写真は相変わらずの虚ろな眼差しの人形顔だった。

車に乗れさえすればなんでもいい。

それだって、今は後回しでも良かった。事務所に戻り着いたのは、妻田に伝えたとおり小一時間ほど経ってからだ。

客人は大人しく応接間で待っていた。

「悪いな、忙しいところに。実は困ったことになってさ」

束井を見るなり姿勢を正すようにソファから立ち上がった大瀬良《おおせら》は、明らかに二カ月前とは様子が異なる。

横柄な態度はどこへやら。それもそのはず、早速投資先の会社のベトナム工場が不安定な操業状態で、ついに閉鎖の噂も流れてきて、出資者がバタバタと手を引いている状況だという。遅かれ早かれこうなるのは目に見えていたが、随分と予想より早い。

ふんぞり返る余裕などないらしい男は、向かいのソファに座って話を聞く束井のほうへ身を乗り出し、言いづらそうに本題を切り出した。

「それでだ……おまえから橋枝《はしえだ》さんを説得してくれないか?」

「説得とは？」

「出資を決めてまだ二カ月しか経ってないんだ。リスクの低い投資先だってあの人が言うから俺は信じたのに……あの人の会社に何度も電話したけど、席を外してるの一点張りで、庄田さんは融資に手を貸しただけで投資先については知らないって今になって言うんだ。あの人も何度も橋枝さんと一緒に俺を説得したくせして！　自分もいくらか出資する予定だって庄田さん言ってたのに。自分はたったの一千万しか出せないけど、俺ならもっと出せるだろうって！　こんないい話、みすみす逃す手はないとまで言ったくせして……」

額を両手で覆った男はそのまま髪を握り締め、目を皿のように開いたまま呻き声を上げた。

「なんなんだ一体、どうなってんだよ」

不安で眠れない夜でも過ごしてきたのか。両目がテーブル越しにも見て取れるほど充血している。ここに駆け込むのも並大抵の決心ではなかっただろう。なにしろ助けを求める相手は、自身が地に落としたはずの人間だ。

「なんなんでしょうね」

さらりと応えた東井は、苦悩する男を見つめたまま黒スーツの内ポケットから煙草を取り出した。

涼しげな顔で火を点ける姿に、大瀬良は茫然としている。

「ああ、うちは全面喫煙可ですよ。よかったらどうぞ」

「お、おまえ、話判ってんのか⁉　五千万だぞ！　五千万が消えようとしてんだ！」

「それは元本ですね。利息分を忘れてもらっては困ります」

「おまえ……」

深く吸い込んだ煙が肺に沁《し》みる。絶句した男のほうへ向け、ゆったりと吐きつけた。

「うちは庄田さんに頼まれて融資の手助けをしただけですからね。あなたの投資については関知しません。極端な話、借りた五千万をあなたが海に捨てようが、ビルの屋上からばら撒《ま》こうが、うちの会社には関係のないことです」

「おまえもあの場にいただろうが！　話ずっと聞いてただろっ！　なぁ、とにかく橋枝さんに連絡取ってくれ。知り合いなんだろ？　まだ二カ月なんだよ、おかしいだろこんな話。なかったことにできないか、交渉してくれよ。そうすれば、元本だって丸々おまえんとこに返ってくんだから」

「無理でしょうね……なにしろ橋枝さんは道理の通らないことは大嫌いな世界の人だから」

咥え煙草になった束井が、人差し指で頬に傷をつける仕草をすると、判りやすすぎるほど大瀬良の表情は強張った。

「そ、そんな……しっ、知ってて黙ってたのか？　そうか、おまえらグルなんだな？　寄ってたかって俺を騙《だま》したんだろ⁉」

束井は溜め息をついて身を乗り出す。細身のスーツの腕を伸ばし、テーブルの上のガラスの灰皿に吸い差しを押しつけた。

その整いすぎた顔で正面から見据えると、息を飲んだ男に冷笑を浮かべて見せた。

「一つ、俺には判ってることがある。金のなくなった奴は何度も俺に同じことを言わせる。しょうがないから、もう一度言ってやるよ。投資先のことなんか俺は知らないし、金を借りると決めたのはあんただ。ああ、忘れてた。俺を助けたいとか寝言も言ってたっけ？」

「東井、おまえ……」

立ち上る煙が絶えると東井はソファから立ち上がった。話は終わりとばかりに向けた背に、パニック寸前の男は低く呻き、言葉を叩きつけてきた。

「恨んでるんだろ？　やっぱりおまえ、俺を恨んでたんだな!?　だからこんなこと……」

「なにか恨まれるような覚えでも？」

振り返った東井はさらりと言い、ドアへと向かう。往生際の悪い男はしがみつくようにソファの肘掛けをぎりぎりと摑み、振り絞る声を発した。

「金がいるんだよ。必要なんだ！　だから俺は投資話に乗ったんだ！」

「金はみんな必要ですよ」

「俺に息子がいるのは知ってるか？」

「……さぁ」

「病気なんだ。心臓の珍しい病気で、手術するにも莫大な金がかかる」

「はっ、そんな話か。どうしてこうもみんなやることが一緒なんだか。病気の子供？　今時そんなネタをやったら、ドラマは低視聴率で打ち切りだろう……」

「笑いたきゃ笑えよ‼」

なりふり構わぬ叫びに、一瞬言葉を失いかけた。

「……子供なんてもう会ってないだろう？　浮気問題で泥沼離婚。ネットニュースで派手に報じられてたっけ」

「会ってなくても、父親は父親なんだよ」

毒気でも抜けるみたいに、男の声から力が失われ、血走ったその二つの目はゆらゆら揺れた。見ているこちらまで不安になるような眼差しだ。

「俺は父親だから、いざというときぐらい協力したいと思ってる。そんな当たり前のこと、いちいち語ろうとも思わないけどな。下手《へた》に美談になるようなことを言えば、人気取りのための話題作りだのって、どうせ叩かれるんだ」

今にも泣き出しそうな目をした男を前に、束井は無言になる。

「なぁ、おまえだってネットで俺の記事を見たなら知ってるだろ？　いいんだ、俺はもうなんと言われたって。仕事もすっかり行き詰まってるし、このまま俳優業にしがみついたって先なんか大してない。剛臣《たかおみ》のことだって、俺が助けたなんて思われなくてもいい。でも、それでも俺はっ……」

沈黙した束井は、男の肩先を見ていた。

息を継ぐ度、微かに上下する。注視しないと判らない程度の揺れだが、見紛《みまが》いはしなかった。

ブレスの度に肩を弾ませるのは、大瀬良の演技の癖だ。場面がシリアスに傾くほど強く出るらしく、台詞《せりふ》回しが過剰なせいだなどと批評家気取りの視聴者に叩かれていた。

「若社長、どうかしましたか？」

叫び声に何事かとやってきた妻田が、ノックとともにドアを開く。

「なんでもないよ。大瀬良さんがお帰りだ」

言葉に大瀬良は潤んだ目を零れんばかりに開かせた。

「ちょっ……」

「大瀬良さん、仮にも有名人なんですから、自己破産なんてみっともないことはやめてくださいよ？　足りない金は、芸能界のドンと呼ばれてる人たちにでも無心して回ればなんとかなるでしょ」

「そんなことできるわけないだろ！」

「ほかにどんな方法があるって言うんです？　早くしないとマスコミが嗅《か》ぎつけちゃいますよ。俺はどっちでも構いませんけどね。保ちたいんでしょう？　一流芸能人の面目とやらを」

大瀬良は返事をしなかった。

放心したように腰を落としたままの男を残し、踵を返した東井は部屋を出た。

庄田から大瀬良の返済が滞っていると連絡があったのは、十一月に入ってからだった。エンゼルファイナンスは庄田に頼まれて名を貸しただけで、金銭のやり取りには一切関わっていない。回収業務も庄田の会社が請け負っていたが、先月から滞った上、連絡もつかないでいるらしい。

「根性ないな」

デスクの電話の受話器を放るように戻した東井は独りごつ。その場凌《しの》ぎで雲隠れしたところで、意味がないだろうに。大瀬良は有名人だ。夜逃げをするわけにもいかない。それこそ、友人知人に金持ちは多いのだから、プライドなんかさっさと捨てて頭を下げて回るのが得策だ。

自己破産の可能性はある。万が一そうなってもエンゼルファイナンスは関わらないですむよう、庄田のコウアイ興業とは契約を交わしているが、面倒には違いない。

穏やかな秋晴れの日々の続いていた空も、今日は曇天だった。東井はくるりと社長椅子を窓のほうへ回しかけて止め、溜め息を零した。

「若社長」

「……ん？」

大股に近づいてきた男に声をかけられ、面倒臭そうに反応した束井は、おもむろに腕を摑まれ驚いた。

「妻田、おいっ……」

ぐいっと立ち上がらされる。妻田に連れて行かれたのは、壁に設置したテレビの前だった。ちょうど昼時で、食事を終えたばかりの紅男と大矢《おおや》がソファに座って一服しながら観ているところだ。

芸能人がデキ婚だの離婚しただの、そんなゴシップ要素満載のバラエティ番組だ。

これがどうしたと言いかけたところ、白いテロップが点滅しながら画面上部に表われた。

『俳優の大瀬良元《はじめ》さん、自宅マンションで死亡』

なにが起こったのか、にわかに判らなかった。

「は……？」

いくら画面を食い入るように見ても、頭が受けつけない。茫然となる束井の前で、画面越しの司会の女性アナウンサーが、貼りつかせた笑顔を慌てて剝いだような神妙な声音で手渡された資料を読み上げ始めた。

『今飛び込んできたニュースです。今朝、俳優の大瀬良元さんが自宅マンションの駐車場で倒れているのが発見され、死亡が確認されました。現場の状況と発見した方の証言から投身自殺を図ったものとみて調べが進められています。大瀬良さんは三歳で子役として俳優デビュー。朝の連続ドラマ「初雪かずら」で主人公ユキオの子供時代を演じて話題になり、その後数々の映画やドラマで活躍なさっていました』

大瀬良の葬儀は十一月の半ばに行われた。

すでに密葬で火葬はすんでおり、そちらは極限られた親族だけのひっそりしたものだったという。大瀬良が飛び降りた自宅のタワーマンションは三十階以上だ。遺体は落下の損傷も激しく、修復は不能だったらしい。ネットには、道徳心など欠片《かけら》もない近所の住人が撮影してアップロードした無残な遺体写真が出回った。

人気は下り切っていたとはいえ、センセーショナルな死に、本葬の執《と》り行われた会場には多くの人が集まっていた。マスコミまでもが周辺を取り囲み、しめやかながらも緊張感の漂う雰囲気だ。

生憎《あいにく》か折よくか、天候は雨だった。黒い服に黒い傘、大きな烏のような群れが降りしきる雨の中で参列する様は、まるでドラマの一場面のようである。

祭壇で微笑む男の顔。束井には、その薄笑いの三日月目は、ほかの誰でもなく真っ直ぐに自分を睨み据えているように思えてならなかった。

焼香を終えて出ようとすると、ポケットの携帯電話が震えた。確認したところ、このところ何度か電話やメールをしてきている男からだった。

束井は足を止めてじっと見つめたのち、電話に出ることなく電源を切る。視線を感じて隣を見ると、こうもり傘の下で妻田がなにか言いたげに見ていた。

「なんでもない。帰るぞ」

言い捨てて再び歩き出した。烏の群れを掻い潜《くぐ》り、マスコミがカメラを構える門扉の脇を通り過ぎる。狙っているのは交友のある著名人や関係者だ。一般の束井はマークされることもなく表に出たが、路肩に車を停《と》めて待つはずの紅男の姿がなかった。

注意されて移動したのかもしれない。妻田がすぐに携帯を取り出して居所の確認を始め、歩道の傍らに突っ立っていると、タクシー待ちの参列者の声が飛び込んできた。

「息子さんも大変なときにねぇ」

喪服に似合わない甲高い声の女は、隣の女のみならず、こちらまで聞こえるほどの声で、得意満面の説明を始める。

「え、知らないの？　病気で手術が必要なんですって。いくら離婚してるっていってもねぇ、ほら」

傘の下の束井は声のほうへ顔を向けることもなく、微動だにしなかった。生気を欠いた眼差しの先では、雨がアスファルトを黒く染め、行き交う車が掃《は》け切れない雨水を繰り返しはね上げている。

その話ならもう聞いた。

今やテレビが盛んに報じていた。大瀬良には難しい心臓病の息子がおり、手術費用を稼ぐため金策に駆けずり回っていたと、まるで美談であるかのように騒ぎ立てている。

本当だったのだ。

「大丈夫ですか?」

妻田の声にも、東井は顔を動かさなかった。

「なにが?」

「いえ……」

「あいつも、うまく面目を保つ方法を思いついたもんだな。死ねばさすがに話題作りなんて叩かれることもない。大手を振って美談にできるし、落ち目の俳優には最高の幕引きじゃないか。保険金が下りれば、息子の手術費用にも困らないだろう。今頃頭を抱えてるのは庄田だろうな、うちに無理難題言ってこないか正直ヒヤヒヤしてる」

「若社長」

咎《とが》めるような男の声に、二、三度目を瞬《しばたた》かせる。

ゆっくりと上下する目蓋だけが人形ではなく生きている証《あかし》のように、東井の一切の表情は死んでいた。

午後八時。まだ早い時間だが、表の喧騒は二十八階の高さまでは伝わってこない。

妻田たち社員が帰宅すると、マンションはいつも途端に静かになる。部屋が事務所から自宅へと戻る瞬間だ。人恋しいわけでもないのに、以前から束井はこの時間があまり好きではなかった。

しばらくは大人しくアルコール抜きの生活を送っていたが、最近はまた飲むようになった。飲酒は癖になる。家で飲むようになると尚更だ。

一息つこうと冷蔵庫から缶ビールを取り出し、事務所のソファに身を投げ出すように座る。違和感に首元に手をやると、普段はつけないネクタイを結んだままであるのに気がついた。シャツとの間に指を入れ、黒いそれを緩める。いくら緩めても楽になった感じはしなかった。ビールはただの苦い炭酸水のようだ。ソファにだらしなく背を預けて見据えた壁のテレビは、電源も入っておらず、真っ暗な板だった。

大瀬良のニュースが飛び込んできてから、何度嘘だろうと思ったか判らない。葬儀に出向いたのは、その死を自身の目で確かめたかったからだ。

妻田はなにも言わずについてきた。たぶん覚えているだろう。

あのときと同じだ。

警察から突然、自殺した顧客について連絡が入ったときと同じ――

あのときは寝耳に水だった。まだ付き合いも浅い客で、何故《なぜ》という気持ちのほうが大きく戸惑った。けれど、今度は違う。自らの手で、言葉で、大瀬良を確かに追い詰めた。

崖っぷちで背中を押しやり、逃げおおせた奴は次の崖へとご案内。その度に、真綿で首を絞《し》められるように息ができなくなっていく。自分の中のどこかが死んでいく。無感情になり、表情は失せ、そのうち瞬《まばた》き一つしない人形に成り代わる。その日を恐れる一方で、待ち望んでもいる。そうなれば、きっと息苦しさももう感じない。

いつもあともう少しで死に絶えると思うのに、『自分』はまだ生きている。

今日も息苦しいままだ。

一気に喉に流し込んで飲み干したビール缶を握り潰しながら、東井は立ち上がった。

ベランダで風にでも当たるつもりだった。新しい空気を吸い込めば、首の真綿も少しは緩むだろう。

ベランダは寝室側にしかない。僅かばかりの救いを求めて向かった東井は、明かりを落としたままの部屋を過ぎり、窓を開けようとして鼓動が跳ねた。

広いベランダにぽっかりと空いた黒い穴。

いつかの朝に見た烏だと迷わず思った。

「くそっ……」

忌々しく呻きながら東井はがらっと窓を開け放つ。脅かして追い払おうと腕を振り上げても、穴は消えなかった。そのまま飛び出しながら、握ったビール缶を投げつける。夜の帳《とばり》に包まれた暗いベランダを、打ちつけられた空き缶はカラカラと軽い音を立てて頼りなく転がった。

穴は東井を誘うようにふわりと舞い上がった。

それは鳥ではなかった。どこから飛んできたのか、黒いビニール袋だ。空気を孕《はら》んで風船のように飛び去ろうとする袋に東井は反射的に手を伸ばし、そしてひやりとなった。

手摺《てすり》から身を乗り出した眼下には、目も眩《くら》む高さの街の夜景が広がっていた。

慌てて身を引きかけ、ふと何故戻る必要があるのかと思った。

自分がどこまで大瀬良の死を悼《いた》んでいるのか判らない。腹の内ではせせら笑っているくせして、自分の中に僅かばかり残された善心を納得させようと、こうして憔悴《しょうすい》した振りをしているのかもしれない。

そんな迷いもひっくるめ、すべてが面倒になった。

改めて覗き見た地上は街明かりが美しい。止んだばかりの雨に濡れた街はどこか艶めいていた。子供の頃ガラスの天窓から覗き見たビルの白い庭のように、その美しさは優しく東井を未知の世界へと手招く。

一度は飛んだのだから、二度も三度も同じだ。そもそもなにも自分をこの世界に引き留めるものなどない。

そう考えた瞬間、頭を過ぎったのは永見のことだった。あれ以来、二カ月近く会っていないが、こうなってみるともっとなにか言ってやればよかった気がする。

——なにかって、なんだ。

気づいた想いなど絶対に口にはできないくせして、感傷に浸るためだけに思い出すなんて馬鹿げている。

自分で呆れながらも、一度頭に思い描いた男の残像は容易《たやす》く消すことはできなかった。

束井はタイル張りのベランダの手摺に背を預け、スーツのジャケットのポケットから携帯電話を取り出す。スマートフォンの画面に開いた受信記録は、メールも着信もこの十日ほど永見からのものばかりだった。

大瀬良の死が報道されてからだ。

永見はなにか気がついているのか。大瀬良との関係を話した覚えはないけれど、例えば子供のときのあの事故について——

ずっと電話も無視したくせして、永見の声が聞きたくなった。

いつもそうだ。

いつも、最後には永見を求める。

その理由を束井はもう知っていた。まるで自分の中でずっと輝き続けるただ一つの星であるかのように、どんなときも永見との思い出ばかり繰り返し再生してきたその訳を。

指先が掠めるように画面に触れた。束井のまだ残された躊躇いなど構いもせず、感度のよすぎる電話は発信中になる。

衝動的に切りたくなったが、たったのツーコールで相手は電話に出た。

『束井？』

確認する声は穏やかなのに、心臓が飛び跳ねる。

「ああ……久しぶりだな。連絡くれてただろう」

『折り返してくれたのか？』

「そうじゃないけど……」

だったらなんの用だというのか。

ほんの僅かに空いた間さえ、長い時間に感じられた。まだ雨の匂《にお》いを含んだ湿った風が、背を預けた手摺の下から髪を掻き上げるように吹き抜ける。

すぐに取り繕うことを考えた。

「いや、なんでもない。おまえがあんまり何度も電話寄越すから、ちょっと気になっただけだ」

『束井、あのな……』

「ああ、そうだおまえ、今店の営業時間じゃないか？　悪かったな、用もないのに電話して。

またかけ直す」

『東井！　ちょっと待てって、艶……』

かけ直す気なんてさらさらないのを知っているかのように、永見は引き留めてくる。

ほんの短い、会話ともいえない言葉を交わしただけなのに、通話を強引に終わらせても元の気持ちではなくなっていた。電話をする前の自分がいない。

「……なにやってるんだか」

固く握り締めた電話に向け、溜め息を零す。

毒気が抜けたように放心したまま、東井はしばらくベランダに突っ立っていたが、夜気も冷たく感じられてきて部屋へと戻った。とりあえずビールを飲む。冷蔵庫のストックが尽き、どこかへ飲みに出るか酒を買いに行くかを事務所のソファで、黒い板のままのテレビを見据えて検討していたときだ。

インターフォンのベルが鳴った。

来客の予定はない。押しかけてきたのが誰であるか、モニターで顔を確認するまで予想もしていなかった。

エントランスに佇《たたず》み、カメラを見据える男の姿に完全に虚をつかれた。

「嘉博……」

永見が訪ねて来るのはもちろん初めてだ。再会して名刺を渡した覚えはあるものの、エレベーターで上がってきた男とドアを開いて向き合ってからも信じられなかった。

「なんで来たんだ？　電話なら、なんでもないって言っただろ」

「おまえがっ……なんでもないときに、俺に電話をくれたことがあったかっ？　おまえっ、大事なときだって、全然連絡して、来ないくせしてっ」

永見は息を切らしていた。どんな交通手段で来たのか判らないけれど、距離的にいって通常なら考えられない速さだった。

「おまえ、店は……ああ、今日月曜……定休日だっけ……」

グレーのカットソーに黒いスウェット。上着はない。家で寛いでいたまま飛び出してきたとしか思えない男の姿に、勝手に納得する。真剣ながらも惚《とぼ》けた反応の東井は、不意に体が傾いではっとなった。

永見に抱き留められた。迎え入れた玄関先だった。驚いて確認しようとした顔は、上半身を強い力で掻き抱かれて窺うこともできない。

ただ耳元で響いた声だけが聞き取れた。

「よかった」

ぽつりと響く安堵《あんど》の呟《つぶや》き。

「間に合わないかと思った」

「な、なにバカなこと言って……」

「なんか、おまえがとんでもないことやらかすんじゃないかって。取り返しのつかないことになる予感がして……俺の取り越し苦労ならそれでいい。よかった」

『よかった』と繰り返す真摯《しんし》な声に、作り笑いでも笑い飛ばせなかった。

「なにがあった？　あいつのことか？」

「……あいつって？」

「とぼけるなよ。こないだ死んだ役者のことだ。大瀬良元っていう。昔おまえが関わってた奴だろう？　あれだ……その、子供のときの事故でマスコミにいろいろ証言してた奴だ」

「なんでそこまで知って……」

言いづらそうにしながらも、はっきりと口にした永見に、束井の声は強張《こわば》る。

「調べたのか？　俺の昔のこと、こそこそと調べ上げてたのか？」

「友達だからな。おまえが嫌でも、最低限のことぐらいは知ってる。話をすり替えるな、誤魔化さずにちゃんと言え」

問い質す声はもどかしげだった。抱いた体を軽く揺すられ、促される。

「なにがあった？」

「べつに……こないだちょっと、仕事で関わっただけだ」

「嫌な仕事って言ってたやつか？」

「ああ、あいつに投資のための資金を融資してほしいって話がきてさ。まぁ、実際に金を貸したのはうちじゃないんだけど……」

「それで？」

背に回っていた手が両腕を摑むと、身の間に余裕はできたが、束井は振り解《ほど》こうとはしなかった。そろりと仰いだ顔に目を奪われる。

何故そんな大切なものでも見るみたいな目をして、自分を見つめるのか。

これでは、まるで恋人同士みたいだ。そんな関係じゃない。こんな状況はおかしいと違和感を覚えつつも、心地よさを感じる自分がいた。

温かい。身が触れ合ったところから、伝わってくる永見の温もり。それは体温だけではなく、自分を案じてくれている男の優しさであるのは束井も判っている。

「……嘉博」

束井は恐る恐るその背に手を回してみた。

縋れば永見は受け入れてくれるだろう。誰が許さないと言っても、永見だけは自分の行いを許し、手を差し伸べてくれる。

「艶……」

名を呼ばれるだけで鼓動を乱される。

全部投げ打ってしまえばいい。つまらない体裁などかなぐり捨てて救ってもらうといい。

その背に触れようとした瞬間だった。男の黒髪が一房、不自然に額に貼りついているのが目に留まった。よく見れば、髪は全体的に濡れており、カットソーの襟元《えりもと》も滴《したた》り落ちた滴を吸ったように色を変えている。

「おまえ……どうしたんだ？　頭が濡れてるぞ？　また雨が降ってきたのか？」

束井の問いに、永見は決まり悪そうに答えた。

「いや、実は風呂に入ってたんだ。おまえが電話くれたとき」

「え……」

「頭は洗い終えたところだったんで、まぁなんとかなったんだけどな」

なんでもない答え。恐らく永見にとってはそうだっただろう。

けれど、束井には違っていた。

——自分とは違う。

五年前の客のことを思い出した。

この男は、電話を取らずに客を死なせた自分とはなにもかも違うのだ。

「どうした？」

怪訝《けげん》そうな表情を見せた男に、束井は突然唇の端を上げて笑んだ。

「それだけだ」

「それだけ……って？」

「大瀬良の話だ。最初っからコケそうな投資話だったから、夢見が悪いってだけで、おまえ

が心配するようなことじゃない。言っただろ、だから『なんでもない』って」

「おまえ、またそうやって……」

腕を摑んだ手を取り、引き剝がす。右手も左手も。もう一度触れようとした手は、二の句を継がせない冷然とした口調で遮った。

「今日はわざわざ来させて悪かったな」

「艶っ」

「早く帰って頭乾かせよ。風邪引かれると責任感じる」

閉じたドアを押し開け、帰りを促す。やや強引に押しやると、永見は背を向けつつも去り際に告げた。

「東井、また店に来いよ」

命令とも取れる語調だった。

「来るなって言ったのはおまえだろう」

「来るなとは言ってない」

「バーで酒を飲むなと言われて、なにをしに行けって言うんだ？　オレンジジュースでも出す気か、おまえは」

「出してもいい。オレンジジュースでもラムネでも。昔うちで売ってたやつ、おまえ好きだっただろう?」

つまらないことを覚えている。

自分がつまらない記憶をたくさん抱えているように、永見も日常の様々な瞬間を切り抜くかのようにスクラップしているに違いない。

「考えとく」

束井はそう返してドアを閉じた。


一年で最も忙しない季節がやってきた。年々出現の早くなるクリスマスツリーは、十二月を目前に雨後のたけのこのように街中でその数を増やし続けている。

早くもイルミネーションが輝き始めた日暮れの歩道を、業務を終えた束井は事務所に向けて急ぎ足で歩いていた。

「若社長、どう思います？」

妻田がおもむろに言い、束井は斜め後方を歩く男を振り返り見た。

「なにがだ？」

「後をつけられている感じがします」

「……昼に食った唐揚げ定食のせいだろ。あの店、ニンニクが利いてるからな」

足元を見ればフランケンシュタインの大足のすぐ後ろを、散歩中の犬が纏わりつきたそうに舌を出して迫っている。赤と緑のボーダー柄のセーターを着たチワワ。飼い主の若い女が困り顔でリードを引っ張っているが、犬は二足歩行で飛び跳ねるほど大足に夢中だ。

「犬じゃありません。人の気配です。昨日、大矢も駐車場で感じたと言ってました」

熱烈な犬のアプローチを無視し、妻田は応える。

「ふうん、季節外れのアレかもな。ついに客が化けて出たんだったらどうする？　気をつけろよ」

束井は露悪的に言い、妻田の心配事をかわした。

「そうだ、景気づけに飯でも食いに行くか。厄払いに効く食べ物ってなにかあったか？」

「すみません、自分は先約がありますんで」

「なんだ、例の女と上手《うま》くいってるのか？」

妻田は肯定も否定もしないが、友人知人も少なそうな男に食事の約束があるというだけで答えとしては十分だ。読書好きの女なのかもしれない。妻田は相変わらず暇さえあれば本を読んでいる。

「じゃあ、紅男でも誘ってやるか……」

束井はポケットから携帯電話を取り出した。

事務所で留守番中の紅男に電話をしようと思ったが、ふと手が止まる。じっと画面を見据えてのろのろと歩く束井に、気乗りのなさを感じたのか妻田は言った。

「紅男も今日は彼女とデートだと話してました」

「え、そうなのか？　なんだ、あいつも女いるのか、じゃあしょうがないな」

どこかほっとしたようにポケットに電話を戻す。事務所に戻ると、そのまま業務は終了した。

一人になったのを自分への言い訳に、その晩束井が向かったのは、約二カ月ぶりのバーだ。

「あらまぁ、随分鼻が利くじゃない」

変わらず店に通っていたらしい蜂木に出迎えを受ける。言葉の意味も判らなかったが、目が合ったカウンターの男の冴えない反応が気になった。

「束井……」

迷惑なら帰る。思わずそう言って踵を返すところだったが、しなかったのは、シートから立ち上がった蜂木が興奮気味に腕を摑んできたからだ。

「ちょうど今あなたの話してたとこなのよ～」

「え？」

「見てコレ、ちょっと会わない間にすっかり有名になっちゃって」

カウンターで目の前に差し出されたのは広げた雑誌だ。政治問題からグラビアまで、なんでもありの週刊誌だった。掲載された記事を確認した束井は、驚いて目を剝《む》く。

『大瀬良元の自殺の裏にちらつく、元人気子役の影』

意味深なタイトルの下に写し出された自分の顔。モノクロの横顔で、目元は前髪に隠れているが見紛いようもない。最近、人の気配を感じると妻田が言っていたのはこれだったのかと納得する。

実のところ、束井も嫌な気配なら感じていた。しかし、恨みを買うことの多い街金であるから、客の誰かの仕業だろうと踏んでいた。

「ねぇ、これ本当なの？」

「大筋は合ってるけど、投資話には俺は関係してない」

記事の文中にも詳しく読めばそのことは書かれているが、タイトルの煽り文句といい、ざっと目を通しただけでは、まるで束井が怪しい投資話を持ちかけ、大瀬良を自殺に追い込んだような論調だ。

そろそろ美談にも飽きた大衆向けにマスコミが欲しいのは、真実ではなく話題性である。橋枝や庄田のようなヤクザ者を記事にしたところで面白くはならない。それに比べ、過去の人間とはいえ誰もが知るＣＭの子役で、大瀬良とは因縁の関係の自分は打ってつけというわけだ。

「まぁ、うちが金貸したのは契約上だけでも事実だからな。好きに言わせておけばいいさ」

「そお？　ねぇ、それにしてもこの写真よく撮れてると思わない？　この角度で、目も隠れてんのにここまでイケメンに撮れるなんて！　あなたやっぱり見れば見るほどフォトジェニックな顔してるわねぇ。ああ、もったいない。街金なんてもったいない」

妙な方向へと騒ぎ始めた男は、週刊誌を掲げ見ては溜め息をつく。

残念だなんて思うのは極限られた人間だけだろう。懐かしのCMの天使が極悪な街金へ。赤の他人からみれば、中途半端な安泰人生より面白おかしい転落人生だ。

自分だって他人事《ひとごと》なら笑っていられるかもしれない。

笑えるものなら、だが——

「今、なに考えてる？」

カウンター越しの声に、束井ははっとなって顔を起こした。

永見が自分を見つめているのに、まるで気がついていなかった。

「べつになにも」

いつも無表情だと言われる。けれど、時々永見だけは今みたいな問いかけをしてくることがあった。

一瞬の心の揺らぎ。自分自身なにを思い、なにを憂えているのか判らない。そんなときでさえも。

束井が軽く否定すると、永見は雑誌に視線を送って言った。

「しかし、やけに早いな」

「え……なにが？」

「まだ本葬が終わって一週間だろう。俺はそういう業界のことは知らないが、取材してから雑誌が出回るまでには時間がかかるんじゃないのか？」

季節感など皆無のビキニ姿の女の表紙の上を、今夜も灯《とも》された走馬灯の明かりが照らし過ぎて行く。雑誌を両手で掲げる蜂木が、はっとなったようにカウンターの男を見返した。

「やだ、それもそうよね。スクープネタがあれば記事を差し替えてでも載せることはあるけど……情報摑んで、裏取って、それなりに時間がかかるわよ。このタイミングで出せるなんて、まるで記事が用意されてたみたいじゃないの」

煙草を吸おうとジャケットのポケットを探っていた東井は、今度は閉じた週刊誌の角で腕を突かれる。

「ちょっとぉ、あなた身内に裏切者でも飼ってんじゃないの？」

「まさか」

「いないの？　たとえば最近入った新人ちゃんとか、恨み持ってそうな人とか……」

「恨みはたくさん買ってるからなぁ……ああ、最近知り合ったばかりの得体の知れない奴ならいる」

『えっ、だれだれ？』とゴシップ好きの主婦のように身を乗り出してきた蜂木に、東井はすかさずソフトケースから抜き取った煙草の先を突きつけた。一瞬間を置き、『得体の知れない奴』呼ばわりされたと気づいた男が憤慨する。

「なによ、真剣に考えてやってんのに！」

フィルターを口にした束井が唇を歪ませてシニカルな表情を作ると、カウンターの向こうからぬっと白シャツの男の腕が伸びてきた。

「ああ、注文……」

まだなにも頼んでいない。

ビールでも出てきたのかと思いきや、差し出されたのはひょろりとした薄青い瓶だった。落とされた丸いガラス玉が、シェイプした瓶の中で宝石のように光っている。

「とりあえず、飲め」

皮肉か慰めのつもりか。「あらぁ、ラムネなんて懐かしいわねぇ。私にも一本ちょうだい」と早くも機嫌を直した男が隣で言った。


「正直、天使のエンちゃんなんて言われても困るっていうか。だってほら、俺平成生まれっすから。まだ生まれたばっかかで、そんなＣＭ知るわけないっしょ！」

事務所のデスクで両手をバタバタさせながら話す紅男は、それが天使の羽にでも見えると思ったのか、今度は慌ててきをつけの姿勢になる。

週刊誌の一件は、ついに紅男まで知るところとなった。なにしろあの雑誌以降、他誌やネット上でも報じられるようになり、束井はすっかり疑惑の人だ。直接死因に関わったわけではないのでテレビでは報じられていないが、インターネットではあれこれと憶測が飛び交い、まるで子供時代のバッシングの再燃だった。取材が押しかけるせいで、愛想のよかったマンションのコンシェルジュまで束井を見る目が変わった。

エンゼルファイナンスでただ一人経歴を知らなかったこともあり、紅男は動揺が激しい。妻田や先代の頃からいる大矢と田口《たぐち》はなんとなく知っていたようだ。

「だ、だから大丈夫っす！　俺のダチもみんな社長のことは知りませんよ。なんならここに連れてきましょうか？　強え奴いますから、マスコミぐらいボコって一発ですって！」

「余計にややこしいことになりそうだから、気持ちだけもらっとくよ」

社長席の束井は素気無く返したが、頓珍漢《とんちんかん》でも有難迷惑でも紅男なりに励ましているつもりなのだろう。

「助っ人はともかく、交代で誰かここに残ったほうがよくないですか？」

「毎晩泊まり込みで？　べつに危害を加えられてるわけじゃないんだ、そこまでしなくていい」

妻田の提案も断る。色眼鏡《いろめがね》で見ようと、コンシェルジュは役目を果たして望まぬ訪問客は追い払ってくれるだろうし、人にじろじろと見られるのも子供の頃から慣れている。妙に目立つ顔のせいで、不躾《ぶしつけ》な視線を浴びるのは珍しくなかった。

「まぁ、放っておけばそのうち飽きるだろう。べつにこっちはなにも変わらない。普段どおりだ」

そうは言ったものの、午後の一服をしようと手を伸ばした煙草のケースはもう空だった。今朝買ったばかりのはずがもうない。どこに消えたのかと思いきや、いつの間にか灰皿に吸殻が山盛りになっている。

「煙草なら買い置きがありますが……若社長、本数が増えてやしませんか？」

「べつにいつもどおりだ」

現に灰皿はいっぱいだったが、妻田の指摘を否定した。

特にストレスを受けているとは思わない。この仕事に就いたばかりの頃のほうが、遥《はる》かにストレスだった。マスコミに見張られていては回収業務がやりにくいことこの上ないが、しばらくは妻田たちに任せておけばどうにかなる。

束井は仕事を内勤でやり過ごし、その日も夕方には全員普通に帰らせた。そのまま部屋に籠《こも》ってもよかったけれど、籠城《ろうじょう》するほどの食料も用意していないので普段のように外に買いに出た。

自炊はほとんどせずとも、外食ばかりしているわけでもない。コンビニも周辺には数あり、駅近くのビルには質のいいスーパーも入っているため、食事の調達先には事欠かない。

いつもの黒スーツにコートを羽織り、財布だけをポケットに突っ込んで向かった束井は、ふらりとスーパーのあるビルに入ろうとして足が止まった。

視線を感じた。どこからか後をついて歩く者の気配。もちろんチワワではない。

最早日常となりつつある付きまといを無視するつもりだったが、それがただの視線ではなくカメラに変わるとさすがに黙ってはいられなくなった。つかつかと歩み寄り、ぎょっとなっているジャンパー姿の中年男の眼前に立つ。

「なにかご用ですか？　今、写真撮りましたよね？」

「いや、べつに……」

「カメラを渡してください」

「まっ、まだ撮ってない。撮ろうとしただけだ！　だいたい疾《やま》しいところがないなら、べつに写真ぐらい撮られたって目くじら立てることないだろ」

商売道具のカメラを奪われると思ったのか、男は胸元に抱き込み、そして開き直ったように言った。

「東井艶さんだろ？　よかったら話聞かせてもらえませんかね？」

「お話しすることはありません」

「思い出話でも構いませんよ。悪いようには書きませんから！　私もあのＣＭのことはよく覚えてましてねぇ。息子が真似て踊ってましたよ。いや〜、これからってときに引退でしょ、もったいないなぁって惜しんでたもんです」

どっちでもいいが、引退したのではなく追い出されたのだ。

あのときもマスコミが騒ぎ立てたせいで、事態は悪化の一途を辿った。

「どうです、これを機会に芸能界復帰ってのは。最近は昔と違って面白いもんでね、まずは注目を浴びさえすればそれでいいんです。炎上商法って言って……」

「興味ありませんね。子供の頃のことはよく覚えてもいないし、私には私の仕事がありますから」

冷ややかに返す束井に、男は負けじと顔をニヤつかせた。

「仕事って、随分とまぁヤクザなお仕事ですよね」

「ヤクザ？　うちはただの金貸しですよ」

「けど、ヤクザもんも出入りしているようじゃないですか。刺青《いれずみ》彫った若いのがいて怖いって、近所の人が言ってましたよ」

「そうですか。タトゥファッションはあまり理解されませんから、ヤクザと見紛われたんでしょうね」

「へぇ、ファッションとはまた。ほかも聞いてますけどねぇ、指がないのがいるって……」

あさっての方向に視線を向け飄々と答え続けていた束井は、その言葉に男を見据えた。

「指がないことは犯罪ですか？」

変わらず無感情な目をしたまま、声だけが冷える。

自分でも、自分がどうするつもりか判らなかった。気圧《けお》されて言葉を失い、身を引こうとする男に向かって繰り返す。

「なぁ、犯罪なのか?」

コートのポケットに突っ込んだままの手を握り締め、石塊のように硬くしたところで、背後から声がした。

「人を無闇《むやみ》につけ回すのは確か犯罪だった気がしますけどね」

ここにいるはずのない永見が立っていた。

「嘉博……」

「ストーカー行為を繰り返すなら、こっちも出るとこ出ますよ。材料もだいぶ揃《そろ》ってきてますんで」

落ち着いたウールのコート姿の永見は、一見して極普通の会社員……いや、物言いからして弁護士かなにかのようで、分《ぶ》が悪くなったと感じたらしい男は逃げ腰になってその場から去って行った。

「……なんでここにいるんだ?」

ぎこちない声を発した東井に対し、永見は鷹揚《おうよう》に応える。

「今日は店休日で暇だし、おまえどうしてるかと思ってな」

「このとおり元気にやってるから心配しなくていい」

週刊誌に写真が載ってから半月あまり。東井はまた永見の店には寄りつかなくなっていた。いつでも今夜みたいに後をつけられ、愛煙の煙草から夕飯の弁当までチェックされかねない状況で、いきつけのバーなんて危険すぎる。

永見や永見の店のことまで、面白おかしく書かれないとも限らない。

今もひらっと手を振るだけで、帰ってしまおうとする東井に、永見は歯痒そうな声で言う。

「おまえ、このまま好きに言わせておくつもりなのか？　あんなの名誉棄損だろ。おまえは今は芸能人でもなんでもないんだ、あんな奴らにやりたい放題させておく必要はない。本当に弁護士でも雇って……」

「簡単に言うなよ。こっちだって、叩かれれば埃《ほこり》が出る身なんだ。最近はいろいろ厳しくなって大人しくやってるけど、親父の代なんてホント酷《ひど》いもんだ。それに……俺が大瀬良を追い詰めるような言動をしたのは事実だ」

直接肉体に触れずとも、人は人の心を切り落とすことができる。それは身をもってよく知っていた。知っていながら、大瀬良を嘲笑《あざわら》うかのようにじりじりと自分は崖っぷちへ追い立てた。

だから、今の状況は報いだ。

歩き出した東井は、背を向けたまま言い捨てる。

永見は諦めようとはせず、後を追ってきた。

「蜂木さんが調べてくれたよ。大瀬良って奴の美談は嘘ばっかりだ」

「え……」

「蜂木さん、メイクの仕事やってるからそっちの業界には顔も広いみたいでさ。大瀬良に息子がいて病気を患ってるのは本当だけど、手術費用に困ってるはずはないって。離婚した奥さんは資産家の娘で、再婚予定の男もいるそうだ」

その言葉に、思わず足を止めかけた。

大瀬良をメディアで持ち上げているのは、関係者Aさんだの友人Bさんだのと、どこの誰だか判らないような人間の証言ばかりだ。一般人とはいえ、渦中の元嫁のコメントは一つもない。

「なあ、それって亡くなった男に鞭《むち》打つような発言を奥さんは控えてるだけなんじゃないのか？　それと、両親はすでに亡くなっているからと、本葬の前の密葬は近親者ただ一人で行われたそうだ」

「一人？」

「ああ、転落の第一発見者の親戚の男だ。おかしいと思わないか？　今までその男と大瀬良は付き合いがほとんどなかったらしい。そんな親戚が、なんで家に泊まってたんだ？　理由があって泊めたとしても、よりによってその朝に自殺しようとしたなんて不自然だろう」

「……金の相談でもしてたんじゃないのか？　それでいい返事がもらえなくて、自棄《やけ》になったとか……いろいろあるだろ」

「その親戚ってのも借金塗《まみ》れなんだ。個人病院の院長だが、派手好きでいろいろと黒い噂もある人間らしい」

もどかしげにコートの腕を摑んだ男に、束井は引き留められる。

「なぁ艶、もっとよく調べればなにか出てくるんじゃないか？　おまえだけが悪者みたいに書かれるのは納得できない。俺も一緒に調べるから……」

「余計なことはするな」

束井はきっぱりと言い放ち、手前に回り込もうとした男の顔を仰いだ。

「悪いが放っておいてくれ。俺にはもう守らなきゃならないようなイメージなんてない。他人にどう言われようと、これ以上落ちようもない仕事だしな」

「艶……おまえ、自分の仕事をそんな風に思ってたのか？　だったら、さっきのあいつに言ってた言葉はなんなんだ」

永見の驚きと落胆の入り混じったような表情に、口にした傍から後悔しそうになっている自分がいた。束井はふっと息をつき、鼻で笑うかのように応える。

「やめてくれよ。おまえにまでそんな顔されたら、惨めになるだろ……って、まぁどうやっても惨めか。この際だから、おまえに再会して一番に思ったことを教えてやるよ」

摑まれたままの腕を振り解いた。

「俺は、夢を叶《かな》えて店をやってるおまえとは違う」

もう雑貨屋のちゃぶ台で一緒に走馬灯を見ていた子供じゃない。歪《いびつ》な殻に籠って他人を排除しようと躍起になっていた中学生でも、殻などない振りで大人ぶるのに忙しかった高校生とも違う。

そして、あの頃隣に並んでいたはずの男は、こうして今目の前に立っていようとも、もう同じ世界にはいない。どんなに虚勢を張っても、自分のいる場所に慣れようとも、同じだなどと思うことはできない。

細く繋がれていた糸をぷつりと断ち切ってしまったかのように、見つめる永見の眸が陰った。ゆらゆらと風に舞う糸をまだ手繰り寄せる気でいるのか、眉根《まゆね》を寄せて反論する。

「おまえだって、今の仕事は自分で続けたいと思ってやってるんじゃないのか？　やめようと思えば、いつだってやめられたはずだ。親父さんのためなのか？　ほかに訳があるのか？なにが理由にしろ、おまえはおまえの意志で、この仕事を守ってきたんだろう？」

「やめてくれ、おまえになにが判る」

「なにも判らない。おまえがいつも、なにもちゃんと話してくれないんだから判るわけないだろ。おまえは都合が悪くなると、逃げて何年でも音信不通になるんだ」

「その件は十年経って怒る気が失せたんじゃなかったのか？　俺だって、今更ケンカ吹っかけられても困るって……」

「今の話をしてるんだ！　今また逃げようとしてんのを言ってんだ！　おまえは何遍同じことを繰り返す気なんだよ！」

憤《いきどお》る声が狭い路地に響く。遠くを歩いている通行人が、何事かとちらと振り返った。

まるで再会の夜みたいだった。

あの晩、お互いに涼しい顔して胸の内に収めたものを、今になって引っ張り出してぶつけ合っている。

「艶、俺はずっと辛抱強く待ってきたつもりだ。おまえがいつか、自分から心を開いてくれると思ったからだ。全部話してくれるだろうって、信じてたからだ！」

「はっ、恩着せがましく言うなよ。俺だって……」

頼りにしなかったわけじゃない。永見の存在や言葉に救われたことも何度もある。

だから、あのときも——

雨の中、小さなアパートのプロパンガス置き場の陰に身を潜め、濡れた夜を思い出す。

会いたかった夜。

束井は途端に口を噤んだ。飛び出そうとしたものを元の胸の奥へと押し込める。

「どうしてなんだ？　俺とおまえは友達じゃないのか？　俺はおまえの助けにはならないのか？」

「言っただろ、友達に端《はな》っからそんなものは期待してないって」

「だったら……」

永見は不意に俯《うつむ》いた。

「なんのために俺はずっと、おまえの友達でいようとしたんだ」

震えそうな暗い声。アスファルトの路地に吐き捨てられたかのようだった。たとえどこへ向けられたものだろうと、聞き取ってしまったものをなかったことにはできない。

「なんだよそれ……俺のためだってのか?」

突然の本音に、自分の声こそ震えそうになっているのが惨めだった。

「艶……」

「……そうだよな。そういえば昔から、おまえは何考えてるか判らない顔してても優しかったもんな。ばあちゃんのためにワンピースだって着るし、俺のためにババ引いて友達にだってなるんだろうさ!」

「艶、そうじゃない」

「おまえが言った言葉を、そのままおまえに返すよ。俺とおまえは友達じゃなかったのか? 友達って、同情や憐《あわ》れみでなるようなものだったのかよ?」

「艶!」

「もういい。どちらでもいい。お互い友達ごっこが必要な年でもないだろう。俺はおまえに助けを乞うつもりもない。自分の始末ぐらい自分でつけられる」

苛々《いらいら》と髪を掻き上げる。深く息を吸い込めば、吐き出すときには少しだけ冷静になれた。冷たい夜の空気みたいに、凪《な》いで凍りついた眼差しで東井は男を見つめ返す。

それが決別の言葉になるのは判っていた。

どんな理由でも、永見に負担をかけるつもりはない。

最初からこうしてしまえばよかった。

再会したあの夜に。もっと前に。最初からないものと思ってしまえば期待もしない。いなくなろうと、会えなくなろうとも、寂しさも喪失感も感じる隙はない。

永見は右手を東井の腕に伸ばしかけたが、やがて見切りをつけたかのようにだらりと下ろした。

「わかった。勝手にしろ、俺も好きにさせてもらう」

◇　星を引く少年　◇

目を開ける。閉じる。

口を開ける。閉じる。

生まれてこの方、何千回、何万回とやってきた作業は今日もスムーズにできるのに、心の開き方とやらは判らない。

自分の生んだ面倒を、自身で片づけようとするのは責められるべきことなのか。

心を閉ざしていると言われればそうかもしれないけれど、束井は自分では少なくとも半開きぐらいには開けているつもりだった。でなきゃ、人間関係なんてそもそも成り立たない。

「……ねぇ、あの人……そうじゃない？」

人の声と電車の揺れと、どちらが自分を呼び覚ましたのか判らなかった。

目を開ける。いつの間にかうとうとしていた地下鉄の車中で束井が目覚めると、斜め前に立つ中年女性がこちらを見て何事か囁《ささや》き合っていた。

どうせまた週刊誌の記事のせいだろう。ろくに抗議もしないせいで、調子に乗った出版社が目を線で隠したりもしていない写真を掲載した。世間の興味は最早、大瀬良の死の真相よりも二十年前の人気子役の転落人生だ。

「怖いわね。人って変わるのよね」

聞こえてきた声に自分を見下ろす。

そんなに陰口を叩かれるほどのなりをしているだろうか。年中変わらないが冬用であるウールの黒スーツに、羽織ったコートも黒。シャツはダークグレーのピンストライプ。ホストかヤクザか判断に迷う格好に、『なるほどな』と思った。足を投げ出して座っているわけでもないのに、目の前に立つサラリーマンも触れまいと腰が引けている。

束井は電車が次の駅に着くとホームに降りた。逃げたわけじゃない。事務所の最寄駅で、仕事の出先から帰り着いたところだ。夕方のホームはいつもどおり人に溢れ、防寒具で着ぶくれた人の流れに押し流されるようにして地上に出る。

いつもと同じだが、年の明けた冬の空。

二〇一三年、一月。

街が旧年の厄難はすべて年越しで払い切ったかのように活気に溢れる中、束井だけが変わらず浮かない思いを抱えていた。

「若社長、お疲れ様です。一人で大丈夫でしたか?」

マンションの室内に入ると、デスクから声をかけてきた妻田に束井は平然と応える。

「ああ、べつになにもなかった」

「タクシーでちゃんと帰りましたか?」

「ああ」

「では、領収証をください」

さりげない追及の手に、脱いだコートをコート掛けにかけていた束井は、眉根を寄せて振り返った。

「……おまえ、小姑《こじゅうと》みたいな奴だな」

「電車はやめてくださいと言ったはずですよ」

「うちは昼間っからタクシー乗り回すような余分な金はないんだよ。それじゃなくても、マスコミに目をつけられてるせいで取り立てがぬるくなって、回収に支障が出てるってのに」

不機嫌を察した紅男が、盛り上げるように言う。

「まぁ、あと少しの辛抱ですよ、社長！　人の噂も四十九日って言うじゃないっすか。春までには絶対みんな忘れてますって！」

「七十五日だろ。それまで俺が生きてたらな」

言い捨てると、妻田だけでなく事務所に戻っていたほかの面々までこちらを見た。

「若社長、縁起でもないことを言わないでください」

「社会的に抹殺されずにいたらって意味だよ。それに、最初に不吉なこと言ったのは紅男だ。なんだよ四十九日って、喪中か」

デスクに戻って一息つこうとすると、今度は電話が入った。受けた田口は明らかに訝しげな顔で受話器を掲げている。

「えっと、ハチキって言ってますけど、お知り合いですか？」

ここで聞くはずのない名に、束井は一瞬『誰だっけ？』と頭を巡らした。

知り合いといえば知り合いだが、電話番号を教えた覚えはない。

『ちょっと、なんで店に来ないのよぉ〜』

電話を取ると、田口も怪しむだけあってなかなかに強烈な蜂木の猫撫《ねこな》で声が受話器越しに響いた。

「あんたの店じゃないだろう。どこで電話番号を知った？」

『あなたすっかり有名人だもの。会社の番号くらい判るわよ』

「用件はなんだ」

『ちょっと気になることがあってね。よっちゃんが……どうも店を売るつもりでいるみたいなの』

「は？」

自分の声が間抜けに響いた。電話が永見についてであろうことはなんとなく想像がついていたものの、内容が穏やかでない。

社長椅子を窓辺に回し、束井は社員に背を向ける。

「どういうことだ？」

『こないだ……一週間ほど前かしらね。開店前に店に着いちゃったの。そしたら不動産屋らしき人が査定に来ててね。私、うっかり目撃しちゃったもんだから……もう気になって気になって。あなたなら、訳を知ってるんじゃないかと思ってね』

「俺が知るわけないだろう。ただの昔馴染みってだけで、店のこともあいつのことも……理由が気になるなら自分で直接訊《き》いたらどうだ」

『もちろん訊いたわよ。そしたら彼、謝りながら言うんだもの……大切な人のためだって』

——大切な人。

そう言われても、東井には見当もつかなかった。今の永見の交友関係など、なにも知らない。再会して半年以上が過ぎても、そういう意味では距離はけして縮まってはいなかったのだと、改めて知らされる。

自分が縮めようとしなかった距離だ。

茫然となるままに目にしたガラスの向こうの日暮れの街並みは、急速に夜の闇に飲まれようとしていた。

「悪いが、俺には判らない。先月もあいつとは一悶着《ひともんちゃく》あって、絶縁されたばかりだしな」

『絶縁って……どうせあなたがなにか言ったんでしょ？　ねぇ、あの店は彼の夢だったのよ。それなのに急に売るだなんて……』

「知らないって言ってんだろ。俺はなにも知らない！　もう関係ないんだ！」

電話の向こうの蜂木の反応は判らなかった。

衝動的に叫んだ東井は、電話をそのまま叩き切ってしまっていた。

知らない。理由は判らない。けれど、蜂木に言われるまでもなく、店を手放すことが永見にとってどれほどのことであるか、東井には判っていた。夢を失うだけじゃない。あの店は幼い頃を祖母と過ごした、永見にとっての特別な場所だ。

背を丸め、頭を抱えるかのように組み合わせた両手を額に押し当てて俯いた東井は、しばらくそうした後に顔を起こした。

意を決して机の上のスマートフォンを手に取る。

永見に電話をした。けれど、その番号は電源が落とされているのか、東井のナンバーだけを拒否しているのか、何度かけても繋がることはなかった。


幸せになりたいかと問われたら、きっとみんなイエスと答える。

自分だってそうだ。

生きている間にはいくつもの分岐点があって、その度に少しでも幸せなほう、少しでも大きな幸運の入っていそうな贈り物だのつづらだのを選んできたつもりだったけれど、気がつけばこのざまだ。

後悔は鈍く輪郭の曖昧な澱《おり》のように、東井の中に溜まっている。深海の堆積物のようにどこへもやり場はなく、動こうとする度に舞い上がっては視界を塞ぐ。

澱の中で手足をバタつかせるだけで一月は過ぎ、二月も三週目に入った。

時刻はまだ七時を回ったばかりながら、窓の外はとうに暗く夜だった。

「若社長」

妻田に声をかけられているのと気がつくのに少し間があった。

「ああ……」

「お先に失礼します。なにか手伝うことがあれば残りますが」

「いや、お疲れ。たまにはさっさと帰って秘密の彼女のところにでも行けよ」

妻田を帰らせると、事務所は社長机の束井ただ一人になり、しばらくは静かになった。

騒がしくなったのは三十分ほどしてからだ。インターフォンが鳴り、誰か忘れ物でもしたのかとモニターを確認すると、招いてもいない客が仁王立ちしていた。

迎え入れる義理はない。そのまま階下のエントランスで門前払いを食らわせることはできたが、蜂木がモニターカメラに掲げ見せたものに、束井は思わず解錠ボタンを押した。

「ほんっと役に立たない男ね」

「またあんたか。永見のことなら、もう……」

エレベーターで上がってきた男は、玄関ドアを開けると押し入り強盗のように束井を押し退《の》けて部屋に入る。

「ちょっと、なに勝手に入ってんだよ」

事務所の虎の敷き革の上までつかつかと歩き進んでこちらを振り返った男は、胸元に抱えた先ほどのものを突き出した。

高さ三十センチほどの円筒型のランプ——

「……ファンタスマゴリア」

永見の店にあるはずの走馬灯だ。

抱えるには重いランプを手渡され、東井はこれがここにある意味を考えて愕然《がくぜん》となる。

「記念にね、もらったのよ」

「記念って、まさかもう……」

「彼、これは譲りたくないみたいだったけど、私が十万で買うって言ったら譲ってくれたわ」

豹柄《ひょうがら》のショートコートの蜂木は、いつもは愛嬌のあるそのつぶらな眸で東井を睨み据えた。

やり場のない苛立ちを叩きつけてくる。

「ねぇ、どうして彼はそんなに急にお金に困ってるの?」

「……知らないって言っただろ」

「知らなくはないでしょ。『大切な人』のためだって、よっちゃん言ってるんだから」

「だから、それも誰か俺には……」

蜂木は聞えよがしの溜め息をついた。

「この期に及んで、判らない振りとかやめて！」

「振りなんてしてない。あんたは俺だと思ってるのか？　あいつと俺の間には特別なものはなにもないよ。付き合ってもないし、恋人だったこともない」

「だったら、なんで弟はあなたに勝てないって言ってたの。あの子、『好きになってもらえない』っていつもメソメソ泣いて、私に愚痴ってた」

「そんな大昔のこと、言われても困る。だいたい、あの頃も俺はただの友達だったし」

今は東井にも判る。

ヒラメを睨んでいたのは、きっとヒラメが兄に話していたとおり自分のほうだ。本当はずっと、永見と付き合う『彼氏』たちが妬ましかったに違いない。

けれど、自らの想いを認めたところで、ただの友人関係であったことにかわりはない。

「それが本当だとしても、大切なのはあなたなんじゃないの？」

心の内に押し込めた気持ちさえ、否定するように蜂木は言った。

「友達だって、大切な人には成り得るでしょう？」

「けど、俺はもう……」

「面倒臭い男ねぇ。そうやっていつまでもぐずぐず言って、全部きれいさっぱり失くしたらいいわ。私は居心地のいい行きつけの店を失ったけど、あなたはなにを失くすのかしらね」

憎々しげに言う蜂木は、艶のある爪の指先で東井が抱いた走馬灯を突く。

「これ、あなたにあげる。せいぜい眺めてたっぷり後悔しなさいよ」

来たとき同様、言い終えた男は足早に戻ろうとして振り返った。

突っ立ったままの束井の顔を見返し、言いたいことを言ってせいせいしたのか憑き物が落ちたみたいに微かに笑んだ。

「そうだ、ヒント。思い出したんだった」

「ヒント？」

「関係あるのか判らないんだけど。ちょっと前にね、よっちゃんに雑誌記者を紹介してくれるように頼まれたの。信用できる記者の知り合いがいないかってね」

束井がエレベーターに飛び乗ったのは、蜂木が帰って五分と経たないうちだった。

受け取ったファンタスマゴリアを、部屋でのん気にクルクルと回す気になど到底なれなかった。

なれるわけがない。蜂木に言われなくとも後悔ならすでにしている。

マンションの一階の広いホールを出ると、自動ドアが開いた瞬間にコートを部屋に忘れたのを肌で知る。

寒波がきているとかで、今朝から空気はひどく冷え込んでいた。夜ともなれば一層寒さは厳しく、束井はコートを取りに戻るのを考えたが、電車に乗ってしまえば平気だとスーツの肩をいからせて歩道に出た。

「東井さん」

駅に向かおうとして呼び止められた。マンションから交差点まで続くレンガ舗装の歩道は人影もほとんどない。振り返ると、歩道の真ん中に痩《や》せぎすの男がぽつんと気配もなく佇《たたず》んでいて、ぎょっとなった。

極端に頬のこけた色の悪い顔。眼窩《がんか》の深く落ち窪《くぼ》んだ目元は、街灯の下で暗い洞穴のように影となり、東井は死神にでも魅入《みい》られたみたいに動けなかった。

「東井さん」

声をかけながら、男はふらりと一歩踏み出した。

白い。右手に握られたものが街灯の明かりに青白く浮かび、身が竦《すく》む。足元から冷たいものが迫り上がるような慄《おのの》きを、東井はそのとき覚えた。

一瞬、包丁でも握っているのかと思った。

男は怪訝《けげん》そうに首を捻る。

「東井さん、鈴木《すずき》です」

「あ、ああ……」

客の男だ。

もう彼是《かれこれ》一年以上もの間、取り立てで家に通い、ついに息子には悪魔とまで罵《ののし》られるようになったあの客だった。逃げ隠れはしても、自ら事務所を訪ねてきたことなど初めてだ。

「な、なんです？」

「残りの金を返そうと思って、やっとどうにか工面できたんです。事務所に持って行くつもりだったんですけど、お出かけですか？」

「え、ああ……」

ひっとなって後ずさった。

「束井さん？」

男が差し出した白いものは、ただの封筒だった。渡されてなお身を硬くしたままの束井は、怪しむ男の視線を前にようやくぎこちない動きで中身を確かめる。

丁寧に方向のきちんと並んだ万札の束だ。二つ折りにした札で十枚単位に分けられている。

「数えないんですか？」

束の数を数えるだけで、しまおうとすると男が問う。集金用のセカンドバッグを今は持っておらず、事務所に戻る余裕もない束井は、少し迷って自分の黒革の長財布に無理矢理押し込んだ。

「確かに残額全部だ。あとで完済証明書を送る」

「えっ、あとって束井さん！」

そのまま踵を返して立ち去る束井に、男は不安そうな声を上げた。カーキ色の繋ぎの作業服に、薄汚れたジャンパー。どこで働いているのか知らないが、金を工面してきた男のほうを振り返り、束井は叫んだ。

「必ず送る。必ずだ！　俺はそんなセコイ真似したことないだろ！」

むしろ重荷が一つ減った気がした。

けれど、僅かながらも荷物が軽くなったはずなのに、マンションの前で男を目にした瞬間の恐怖心だけは体のどこかに巣食った。

ひどく不安だった。

永見の店へと向かう間、電車の中でもずっと凍えた体を摩《さす》り続けた。熱は上がらない。辿り着いた駅を出て、逸《はや》る気持ちを抱えて向かった先は、行き過ぎてもおかしくないほどその存在感をなくしていた。

明かりのない店。

永見のバーは蜂木の言うとおり売りに出されており、早くも『売店舗』の赤字の看板が戸口に下がっている。閉店を仄《ほの》めかされておきながら嘘だろうと思った。

二階にも当然明かりはない。ここに住んでいないのなら、永見はどこへ行ったのか。

暗闇と静寂に満たされた小さな家を、途方に暮れて見上げ続ける。なにか手がかりはないかと、ようやく動き出した束井が目を向けたのは、街灯をぼんやりと反射する洋酒の空き瓶だった。

建物と脇の壁との間のスペースに積まれた不用品らしきものの数々。まだ片づけにここへ来るのなら、会う可能性は残されているかもしれない。残された品を確認しようと空き瓶の袋をどけると、奥には黄色い電話帳があった。

職業別の電話帳だ。夥《おびただ》しい数がある。過去のものかと思えばすべて新しく、東京二十三区の別の区まで揃っており、読み込まれた形跡があった。

「……興信、探偵?」

開いてみて驚く。赤ボールペンのチェックが入っているのは、興信所や探偵事務所などの調査会社の欄だ。チェックマークが入っているのは一社ではなく、まるですべての電話番号に連絡をしたかのように、一つ一つに印が入っている。

永見はなにを調べていたのか。

東井は意を決し、番号の一つにその場で電話をかけてみた。

『はい、ホープ探偵事務所です』

職員はすぐに電話に出た。

「すみません、そちらへの依頼について伺いたいことがありまして。永見という者が、連絡をしたかと思うのですが……」

問いながら自分でも、これでは情報を得られるはずもないと思った。馬鹿正直に尋ねたところで、秘密厳守が常識の探偵事務所が顧客について教えるわけがない。

ダメ元で立て続けに八社ほど電話をしたものの、答えはみな同じ。『教えられない』の一点張りだった。丁重にお断りされるか、悪戯《いたずら》電話同然の扱いで突っぱねられるかの違いだけだ。

しかし、そもそも依頼主が存在しなければ、守秘義務も発生しない。永見が連絡すらしていないのなら、一社ぐらい『知らない』とはっきり答えたっていいだろう。

永見はやはり、これらの事務所に連絡をしたのではないか。

なにを依頼したのか。

結局、最初の疑問に立ち返る。

路地に突っ立ち、黄色い冊子の山を寒さも忘れて見下ろす束井は、黒スーツのスラックスのポケットから一枚の名刺を取り出した。

「蜂木くんとはね、大学のサークル仲間だったんだよね。その頃は彼、まだ普通だったんだよ。あ、普通って服装とかね。仕事も商社マン目指すんだ〜なんて言ってたしさぁ」

束井は蜂木にもらった名刺を頼りに、永見に紹介したという雑誌記者の各務《かがみ》を訪ねた。

人当たりのいい話好きの男だ。突然押しかけても門前払いかと思いきや、面会できた上、応接室でコーヒーまで出された。

あまり大きな出版社ではない。発行しているのは比較的硬派な誌面作りの国際情報誌だが、隔週の雑誌は国内の問題も取り扱っており、その分野は多岐にわたる。

「それで、永見についてなんですが」

湯気を上げるプラカップのコーヒーが、冷えた体に沁みる。一口飲んで東井が口を開くと、男は途端に貼りつかせた笑顔を強張らせた。

「各務さん、永見があなたを紹介してもらった理由はなんだったんでしょう。コンタクトを取ってるんですよね？　今も連絡ありますか？」

「いやぁ、それはねぇ、あれだから」

「あれとは？」

「あなたでも教えるわけにはいかないっていうかね」

蜂木が信頼できると選んだ記者だ。お喋《しゃべ》りにみえて口はしっかりと堅いらしい。

東井は真っ直ぐに男を見返した。電話ですまさず直接訪ねたのは、受話器越しの会話では判らない含意が、少しなりと読み取れるかと思ったからだ。

『あなたでも』ということは、やはりこの一件は一連の大瀬良の死にまつわる自分の報道が関係しているのだろう。

蜂木から雑誌記者と聞いた瞬間に、薄々そう感じていた。でなければ、永見がマスコミに用などあるはずがない。探偵を雇い、記者を必要とし——永見はなにかを調べ上げ、そして広めようとしているのか。

『なぁ艶、もっとよく調べればなにか出てくるんじゃないか？』

仲違《なかたが》いをした夜、自分にもそう言っていた。

「まぁ、もうちょっと待っててくださいよ」

疑念を肯定するように、記者の男は言う。

「待ったらどうにかなるんですか？」

「はは、困ったなぁ。とりあえず、あなたの名刺もいただけますか。時期がきたらこちらから連絡しますんで、ゆっくり話をさせてください。今日はあまり時間もないんで」

ただ来客として応対しただけでなく、自分にも興味があるらしい。

帰りを促してか本当に用があるのか、男は腕の時計を気にし始め、束井は『永見に連絡をくれるよう伝えてほしい』と言い残して出版社のビルを後にした。

伝言はいつ伝わるとも知れず、詳しくはなにも判らないままだ。

手詰まりになってしまい、出版社のビルからは目と鼻の先の地下鉄の駅のホームでしばし逡巡《しゅんじゅん》した。焦ったからといって、永見が閉めてしまった店をどうにかできるわけじゃない。

急ぎの金を必要としていたなら、すでに人手に渡っている可能性もある。

店を売るほどの大金——まさか記者を買収して、こちらに都合のいい記事を書かせようというんじゃないだろう。

迷って重い腰を上げられないでいると、さっきの記者の各務が防寒着を纏い、鞄《かばん》を提げてホームに下りてきたのが目に留まった。

——もしかして、これから永見に会うのではないか。

そんな淡い期待が胸を過ぎる。帰路とは反対方向だったが、東井は後を追った。

地下鉄から東京駅でJRへと男は乗り換え、総武本線で千葉方面へと向かった。

男が電車を降りると、東井も慌ててホームに降り立つ。

駅も街も初めて訪れる場所だった。知っているのは雑多な古い街ということぐらいか。

夜もだいぶ更けたこともあり、駅前のロータリー周辺には酔っ払いの姿が目立っていた。

気づけば飲み屋と風俗とその客引きに囲まれているような歓楽街だ。その昔は赤線地区だったというだけあって、南口を出てすぐから街のナビゲートのように風俗の無料案内所が構える。

記者は行く先があるわけではないのか、ロータリーを越えたところにあるアーケード街の入り口で駅のほうを見渡すように足を止めた。

待ち合わせをしているのかもしれない。人待ち顔の男に期待も高まり、東井は近くのピンサロの看板の陰に身を隠した。女の胸元を模した安っぽく場末感すら漂う立体看板が、頭上に軒のようにせり出す。

静けさも美しさもない。なのに、人混みも雑然としたその風景も、不思議とまるでずっとここにいたかのように体に馴染む街だった。四方でビカビカと点滅するネオンサインも、雑踏の客引きの声も、連なるサラ金の看板すら、どれもが煩《うるさ》く自己主張しているにもかかわらず、彩度をなくしたモノクロームの世界のように懐かしく沈んで落ち着く。

ここでは誰も東井の存在など気に留めない。悪党も落魄者《らくはくしゃ》も、流れ着いたものはみな一緒くたにまとめて飲み込む街だ。

東井は冷えて乾いた手を何度も擦り合わせ、気休めに白い息を吹きかけた。

そのまま小一時間は過ぎただろうか。深夜に差しかかり、駅前の人の姿も少しずつ減り出した頃、記者が動いた。待ち人が現われたのかと思いきや、後を追い始めたのはホストのような派手な若い男と女のカップルだ。

声はかけない。着かず離れずで追う姿は尾行そのもので、張り込んでいたらしいと判った。なんの仕事か知らないが、別件ならこのまま自分まで尾行を続けても仕方ない。記者はカップルの後に続いてイタリアンのチェーンレストランに入り、東井も寒くて腹も減っていたので、少し間を置いて店に入った。

低価格が売りの店は、遅い時間でも賑わっている。柱の傍の目立たない席を選んだ東井は、とりあえずピザと破格値のワインを頼んだ。確認した携帯電話は電源が切れており、充電を怠《おこた》ったのを悔やんだけれど、食事を終えたら帰るだけだ。

記者もカップルも特に動きはない。カップルの男は思ったほどに若くはなく、自分と同じ年頃だった。目を引く整った顔をしているが、若づくりの服装も含め安っぽいホストみたいな男だ。目も鼻も作り物めいていて、デキのいい仮面でも被っているかのように生気を感じられない。

ぼんやりそんな感想を覚え、束井は人のことは言えないなと省みた。なにしろ自分も昔のあだ名はマネキンで、死んだ魚みたいな目をした今は得体が知れないとまで言われる。

記者はどうやら食事中の二人を隠しカメラに収めていた。あまり親しくはなさそうな二人だ。女の雰囲気からして、風俗やキャバクラ嬢なのかもしれない。だとすると、男が客で雇っているのか。

束井は運ばれてきたピザをワインで流し込むように食しながら、ただ見るともなしに眺めていた。

男が煙草を吸い始めるまでは。

女に断る様子もなく一本口に挟んだ男は、華奢なライターで火を点けた。遠目にも判る、真っ赤で趣味の悪いライターだった。

なにか心に大きく引っかかった。

何故だろう。ライターにも火を点ける仕草にも、自分は覚えがある。

「…………そん…な」

辿り着いた考えに、束井は戦慄《せんりつ》した。ついでピザを喉に詰まらせ、したたか咳《せ》き込んだ。

派手に噎せ返って注目を浴びるわけにはいかない。酸欠の金魚のように喉を喘がせ、目には涙を滲ませながらも、信じられない思いでもう一度男を見た。

それからもホスト服の男は女と飲んだり食べたり、居酒屋にでも来たような調子で食事を楽しんでいたが、騒ぐ心臓に束井はもうピザの味は判らなかった。乾き切って脂の浮いたピザが皿に並ぶ。

深夜一時。店を出た。高架下のトンネルを潜って二人が向かったのは、駅裏のうらぶれた通りでネオンを輝かせたラブホテル。『KING』なんて名前も建物も、旧時代の匂いのするホテルに二人が消えると、その姿をカメラに収めるのに懸命だった記者は駅のほうへと戻って行った。

束井だけが動かなかった。

いや、動くことができなかった。

時間も時間だ。このまま二人は泊まるつもりでいるのかもしれない。記者が見切りをつけて帰ったのは当然だが、束井はどうしてもその場を離れる気にはなれなかった。

寒い。深夜の空気は最早冷たいというよりも、肌を刻まれているかのように痛い。

気づけば視界を白いものが過ぎっていた。

風に飛ばされる塵《ちり》のように舞う雪――

薄着の身には適さない気温だったが、束井はその場に留《とど》まり続け、予想外にも夜明け前に男だけがホテルを出てきた。まだ電車も走っていない時刻。どこへ向かうのかと思えば、同じ通りにある立体駐車場だった。車があるらしい。

男はエレベーターに乗り、束井は外づけの階段で追った。四階で降りた男は、束井が脇の非常階段から姿を現わしても気づいた様子はなく、息を殺してその背中を見つめ歩いた。

男が目指したのは奥のセダンだった。場末の歓楽街には似合わない、Sクラスのシルバーのベンツが、がらんとした空間にぽつんと停まっている。

黒いスーツに黒いコート。ダークブラウンの髪は、照度の低い屋内では漆黒に見える。

自分と同じ髪色だ。

ホストかヤクザのようななりに、作り物じみた顔立ち。

そして、赤いクロコダイルのライター。

束井は男が車に手をかけたところで、声をかけた。

「大瀬良」

無音の駐車場は、トンネルのようにその声をふわりと響かせる。

男はゆっくりとこちらを振り返り見た。

言葉もなく目を瞠《みは》らせたその顔に、束井は確信に満ちた声を放った。

「こんなところでまた会えるとはな」

「……あ…んた誰だ。人違いだろ」

言い逃れしようとする男を、真っ直ぐに見据えた。

「つまらない悪あがきはやめてくださいよ、大瀬良さん」

永見が得たマスコミを通して公表するほどの真実とは、大瀬良元がまだこの世に生きているということだ。

これ以上のスキャンダルも新事実もない。

しかし、一目では同じ人間と判らないほど、三カ月の間に顔形まで変えた男。

永見はどうやって知り得たのか。

大金を必要とした理由が、ようやく判った。あの電話帳のチェックのとおり、永見は都内の調査会社のすべてに、大瀬良の捜索を依頼したのではないか。一つ一つの会社の調査能力に限界はあっても、多数が集まればしらみ潰しの捜索も可能になる。

それを、莫大な費用と引き換えに――

なんて馬鹿なことをしたんだと思う。

こんなことと引き換えに、大事な店を手放してしまうなんて。

あいつは馬鹿だ。とんでもない大バカ野郎だ。

けれど、そのおかげで今自分の目の前に真実が存在する。

「大瀬良っっ‼」

東井は怒声を上げながら、大股に男の元へと歩み寄った。

「おまえっ、全部デタラメだったのか⁉　葬式は？　死んだのは誰だっ？　まさか、おまえっ……」

「こ、殺してなんかいない！　親戚の医者に用意してもらった遺体だ。し、仕方なかったんだよ、そうするしかもう手立てがなくて！」

どんな手を使って他人の遺体で警察を欺いたのか知らないが、無茶苦茶だ。

「自己破産でもなんでも手段はいくらでもあっただろう⁉」

「金が必要だったんだ！　病気の息子のための金がっ！　父親じゃないおまえには判らないだろうけどな、どうしても自分の力で助けたい親の気持ちなんかっ！」

東井は逃すまいと腕を摑み男は捲《まく》し立てた。いくら顔を整形で変え、髪色を変え、服装を変えても、声は大瀬良そのものでしかない。

その肩先は微かに上下していた。

息を継ぐ度、不自然に上がる肩——

自分でも驚くほどに冷静な声が出た。

「あのときもおまえ、そうやって演技してたよな」

「なっ、なんの話だ？」

「二十年前のことだ。俺はまだ覚えてる。おまえは俺を上手いこと丸め込んで天窓から落として、自分はちゃっかり通路に避難してたくせして、わざとカメラの前では手摺にぶら下がって見せた」

「なっ、なに言ってんだ。あ、あれは不幸な事故で……」

「不幸？　そうだったな、会見でおまえは俺を庇《かば》う振りして上手《じょうず》に嘘泣きしてた。最高にいい演技してたよなぁ。けど、知ってるか？　最近はその演技力も見れたもんじゃないって、ネットに書かれてたよ。おまえのその、芝居がかった息遣いがどうにも胡散臭《うさんくさ》いってさ」

腕を摑んだ手に無意識に力が籠る。眼前で苦しげに歪んだ顔に、元の大瀬良の顔の面影《おもかげ》はない。けれど、目元も鼻のラインも、違うのによく知った顔であるかのように映る。

その理由が東井には判った。

「なぁ、本当は金のためなんかじゃないんだろう？」

「え……」

「今判った。おまえは借金から逃げたり、保険金を詐取するためにこんなことやってるんじゃない。俺が憎いからそうしたんだ」

大瀬良は驚いた顔をしていた。

「は？　なに言って……」

「俺の会社から金を借りたのを、出版社にリークしたのもおまえだろ？」

匿名《とくめい》だったのだろうが、だとしたら、あんなにも早く週刊誌が材料を揃えていたのも納得できる。

本当に自分でもこの男は判ってはいないのか。

「なんでおまえ、俺の顔に顔を似せたりするんだよ」

「え……？」

「思い切ったことをしたもんだな。俺がおまえを憎むことはあっても、憎まれる覚えはないと思ってた。なのになんで……おまえ、まさか俺になりたかったのか？」

「なにを……そんなわけ……そんなこと、あるわけないだろっ！　今のおまえなんか、ただの街金じゃねぇか！」

「そのただの街金に拘《こだわ》ってんのはおまえだ。いいかげんにしろよ。俺を突き落として、俺の仕事を奪って、望みどおり一時でも売れっ子の役者になっただろ。それでもまだ俺に執着すんのか！」

目の前の顔が色を失くしていく。今朝も寝起きに鏡で見たのとどこか似た顔は、蒼白になったかと思うと唇を震わせる。

強い力で胸元を突かれた。

束井はアスファルトに勢いよく転がり、起き上がる間もなく突き飛ばした男が馬乗りになってくる。

「束井、おまえが悪いんだっ！　元々、あの役はオーディションで俺に回ってくるはずの役だったんだ！　なのに、あんなくだらないＣＭで横から奪おうとしやがってっ！」

初めて聞く事実と本音だった。

小さいながらも、みな自分が一番になろうと切磋琢磨《せっさたくま》していたのを知っている。あのときあのビルの天窓から見下ろした、白い光の庭で走り回っていた子供たち。自分が疎《うと》まれていることだって、知っていた。

だからこそ、あのとき少年の大瀬良に声をかけられたのが嬉しかった。

愚かだ。二十年もの月日を隔て、小さな胸に抱えていた憎しみをぶつけ合っている。

けれど、いずれはこうなる巡り合わせだったのかもしれない。

「……悪かったな、くだらなくて」

殴りかかる男の拳を、東井は手のひらで受け止めた。

殴り合ったところで、体格からして有利か、せいぜい五分と踏んでいたのだろう。ぎりぎりと力任せに押し戻せば、大瀬良の目は驚愕に見開かれる。

「おまえのおかげで人生狂ったからな。いろいろ学ばせてもらったよ」

隙をついて腹に膝蹴《ひざげ》りを食らわせ、はね除《の》ける。飛び起き、呻いて転がった男を見た東井は、可笑《おか》しくて笑いが込み上げてきた。

大瀬良は腹を抱えて蹲りながらも、睨み据えてくる。

「……なに笑ってやがる?」

東井の笑い声は大抵聞く者を不快にさせる。

作り笑いだからだ。

「クソみたいな人生だなと思ってさ。俺も、おまえも」

大瀬良だけでなく、自分さえも一緒くたに嘲《あざけ》った。

「ガキのうちからマスコミとか大衆とやらに振り回されてバカみてぇ。しかもまだ終わってないんだ。こんなに最低なのに、まだ人生半分も終わってないなんてなぁ」

ざらつく冷たいアスファルトに片手をつき、ふらふらと立ち上がる。なんだかひどく疲れた気分だった。およそ子供らしくもない記憶は、引っ張り出してみれば憎しみからくる邪気に満ちている。

急に達観したように憐れみの目を向ける東井に、続いて立ち上がる大瀬良も唾でも吐きそうな声を発した。

「……めんどくさいな。あんとき死んでくれればよかったのに」

「そのうち死ぬよ、おまえのお望みどおり。明日か十年後か知らねぇけど」

「頼むから、今死んじゃってよ」

憎悪を向けられてもなお、怯《ひる》まずに見返す。綺麗事で同胞めかしたことを言ったって、自分だって目の前の男を心の底では憎んでいる。

腹を押さえた大瀬良がキーを手にした右手を翳《かざ》すと、車のロックが開く軽い音が鳴った。逃げ果《おお》せるものかと思った。永見の集めた情報で証拠を摑んだ記者が間もなく記事にし、すべてを白日の下に晒《さら》す。

「大瀬良っ！」

往生際悪く車に転がり込む男は、呼びかけにも振り返らない。

フロントガラス越しに絡み合った視線。束井は男の本気を感じた。

すべてを粉々に打ち砕くほどの敵意。激高《げっこう》した眼差しと本物の殺意。車のエンジン音と共に上がったヘッドライトが、舞台の照明のように眩く白く束井の輪郭を掻き消さんばかりに包む。

「死ねよっ、くそったれがっ！　束井っ、とっとと死にやがれっっ‼」

フロントガラスとエンジン音に阻まれ、男の声は届かなかった。けれど、束井には男の叫びが判った。

走り出した。停車する車もほとんどない駐車場を、非常階段のほうに向けて駆け出し、そして手摺の際で衝撃が体を襲った。

クラッシュ音は聞こえたかどうか、よく覚えていない。体は弾む手毬《てまり》のように宙を舞った。

初めに目にしたのは星のない空。東の縁が少しだけぼんやりと色が抜けていた。

光の落ちたパチ屋の看板。行き遅れの女みたいにくすんだ軒を連ねるスナック。夜明け前の街の路地へと、跳ね飛ばされた束井は手摺を越えて落下した。

粉雪を孕《はら》んだ冷たい風が、翼もないのに飛び立った体を撫でる。

『あのさ、そうまとうって、死ぬときに見えるんだって』

どこからか声が聞こえた。

『死ぬとき？　死にそうになったらランプが見えるの？』

懐かしい声に幼い自分の声が応えた。

静止したかのように目に焼きつく景色の中で、幼い頃には見えなかった記憶の走馬灯が、大人の東井には確かに感じられた。

初めての会話。なんでもない日々の記憶。きっと死の間際には思い出すに違いないと感じていた、雑貨屋の軒先の告白では、バニラにチョコチップの入ったアイスを自分は食べていた。

忘れているように思えても、ちゃんと体は覚えている。そして時折鮮明に呼び覚ましては、一人ベランダで風に吹かれる夜や、美しい朝焼けの空を前に、悪戯に後悔の念を抱かせる。

あの日のレイダーマンは頭に入らなかった。

仕方ないからテレビを消して、リビングのソファに転がった東井は、明日学校で永見に会ったらなにを言おうと考えた。上手くまとまらないから、夜には買ったばかりのノートにも気持ちを書き綴《つづ》った。『男を好きにならない』と言ったけど、よく判らないこと。ただ早く帰りたかっただけで、『好きだ』と言われて本当は嬉しいみたいだということ。

だって嫌いじゃない。友達だから。

それは親友の望む言葉じゃないかもしれないけれど、伝えたかった。好きだから。

たとえ友情でも、そうしたかった。

明日になったら、素直な気持ちを永見に言おうと思っていた。でも、明日が今日になって、なんでもない振りをされたら、『いらない』と突っぱねられたみたいで言えなくなった。

中学の修学旅行では、本当はショックだった。

先輩を好きだなんて言うから。自分のことを好きだって言ったくせに、何年経っても好きでいてくれると思ったのにひどいって、勝手かもしれないけどショックだった。

いつの間に彼に恋したんだろう。

高校のときのことは、嫉妬や好意の裏返しばかり。今更気づくのもどうかと思うけど、おまえを忘れたいばかりに、張り合うみたいに女の子とセックスも繰り返して、最低の男だった。

あんなに長い間一緒にいたのに、なにも言えなくて。すぐに隣に戻ると思っていたら、いつの間にか戻り方が判らなくなっていて。

——それでもおまえのことばかり思い出してたよ。

あのファンタスマゴリアみたいに、また一周回っておまえに会えたらいいなって、本当はずっと思ってた。

なのに、せっかく再会しても変えられなかった。前よりもっと悪くなった。言いたい言葉があることにも、変わりたい自分にも気づかない振りして、とうとうおまえを怒らせて、それでもおまえは俺のために大切なものを投げ打ってくれた。

どうしよう。

足りないよ。足りないんだ。

時間が全然足りない。

まだおまえに、礼だって言ってないのに。まだ謝ってもいない。好きだとも言っていない。

店のこと、馬鹿なことしやがってって罵ってもいないのに、こんなんじゃ全然——

鈍い音が響いた。

体の内と、外と。

ぐしゃって、空のコンビニの弁当箱が潰れるみたいな音。

打ち捨てられた人形のように、路上で手足がバラバラに飛び散る自分を思った瞬間、束井の世界は閉ざされた。

カツカツと地を突く杖の音がする。

審判のときがきた。

天国か地獄。行く先はもう決まっているようなものだと思っていたが、降臨した神は決めあぐねているのか、東井の周囲を何度も軽く弾ませた杖で突いて回り、やがて無責任にも審判を放棄してバサバサと羽音を立てて飛び去った。

「なぁ、マネキンって金になるんだっけか～?」

人の声が聞こえた。

しわがれた老人の間の抜けた声。

さぁどうだっただろう。マネキンなんて、買ったことも売ったこともないから判らない。

自分に問われていると思った東井は、ギシギシと錆《さ》びついたように動きの鈍った頭で考え、老人は何事かそれからもぶつぶつと呟いていたが、再び遠のいた意識によく聞こえなくなった。

次に東井の意識を引っ張り起こしたのは、聞き馴染んだ声だ。

「おまえら、なにをやってるんだ!」

駆け寄ってくる男の声。咎められた者は、『どうしよう』と口にしながら狼狽《うろた》えて何度かその場で足踏みをし、なにか分厚い手帳のようなものが地面に落ちる音と、ガラガラと騒々しく転がる空き缶の音が聞こえた。

足を縺《もつ》れさせながら走り去っていく人の気配に、東井も『待ってくれ、置いて行かないでくれ』と焦って一緒に逃げようとしたけれど、体がまるで動かない。

そうこうするうちに、さっきの男の低いがよく通る声が大きく響いた。

「東井っ！」

自分の名を呼ぶ声。

「東井っ、おいっ！　艶っ、しっかりしろっ、艶っ‼」

何度も何度も呼ばれて目蓋を起こす。

自分が立っているのか座っているのかすらも、最初は判らなかった。虚ろに見つめた視界はぼんやりと白い。それが夜が明けた空であると気づくまでに、少し時間がかかった。

体がこんがらがった糸のように捻《ね》じれている。乗り上げたクッションのようなものから足を下ろすと、それはクッションではなくゴミ袋だった。そこら中に乾いたゴミから湿った生ゴミまで散乱しており、自分が地面に転がっていると気づくと同時に、心配げに覗き込む男の顔が視界に入ってきた。

「艶、なにがあった？　さっきのホームレスに絡まれたのか？　おまえなんでここに……」

「……嘉博？」

差し出された手を借り、軋《きし》む身を起こす。拾い上げた財布を手渡され、さっきの手帳が落ちたような音はこれかもしれないと考える。

東井ははっとなって頭上を仰いだ。

白く霞んだ空。傍らに聳《そび》える灰色に塗られた鉄骨の目立つ建物。

「なぁ、嘉博」

「なんだ？」

「思うんだけど……俺って、やっぱり天使なんじゃないか？」

「え……」

ゆるりと永見のほうへ顔を向けた。

「だって、二度も落ちて死なないなんて普通じゃないだろ」

「……落ちたって？」

狐にでもつままれたみたいな顔をしていた男が強張る声を発した。

大瀬良に車で跳ね飛ばされたのは夢なんかじゃない。鳥にでも荒らされたみたいに中身をぶちまけたゴミ山と、異臭を放つスーツ。どれほどの間ここに転がっていたのか判らないが、茫然としつつも束井がそれを語ると、永見の顔はますます険しくなる。

「大丈夫なのか？　本当にどこも痛くないのか？　とりあえず病院っ……」

束井はふっと口元を緩ませた。

乾いた笑い声が、唇の綻びから零れ落ちる。

作り笑いなんかじゃなかった。

「あいつさ、俺が邪魔だったんだって。俺のせいで役を奪われそうになって、俺がいなくなればいいと思ってて、それで……なんだよ、九歳そこそこのガキが、八歳にもならないガキ殺したいほど憎いってなんなんだよ。二十年も経ってんのに変わってなくて……まだ忘れてなくて……俺も、本当は俺だって……」

淀んだ澱の中にいる。

心はずっとその中に閉ざされていて、時々遠い水面で揺らぐ光を微かに感じては、懐かしい煌《きら》めきを思い出す。胸は切なく何度も軋む。

本当は悔しかった。

「俺だって天使でいたかったんだ」

眩いライトの下で、手やオモチャを振る大人たち。自分に心の底では関心の乏しい母親よりも、物心ついたときから慣れ親しんだ存在だった。

『艶くん、こっち向いて』

『艶くん、ねぇ笑って！』

忘れていない。ちゃんと覚えている。

自分が笑うとみんなが幸せそうな顔をしてくれたこと。それが嬉しくて、誇らしくて、だからもっともっとと、たくさんの笑顔をカメラの前でも観客の前でも振り撒いた。

「俺だって、本当はあの場所にまだいたかったんだよっ！」

笑っていたかった。いつまでもずっと。

笑顔のない自分になんてなりたくなかった。

束井は冷たいアスファルトの上で手を握り締めた。手の甲を、俯いた顔から落ちた生温かい滴が何度か打った。

「艶……」

優しい声は煩《わずら》わしく、そして愛おしい。

「はは……カッコ悪い」

みっともないと思う一方で、楽になった。

憎しみも悔いも、ぶつかり合って弾け飛んで、メチャクチャな目に遭いながらも妙にすっきりとした気分だった。

海の澱の中から上る気泡を感じた。

きらきら光る水面へ。遠くて近い、眩しい陽光に満たされた世界。二度と立ち上れないと思っていた場所へと、泡は浮かび上がっていく。

束井は泣きながらも笑っていた。


黒いスーツを脱ぐと心もとないような感覚に陥った。着替えが白いバスローブだけともなると尚更だ。

永見の情報集めは探偵や記者に任せきりだったわけではなく、大瀬良を見張るために自らこの近くのホテルに宿泊していた。

束井がシャワーを借りたのは、スーツも体も汚れていたからだ。驚くことに、打ち身と擦《かす》り傷程度で大した怪我《けが》がなかったものの、スーツは衝撃でボタンも弾け飛んでいた。

「本当に病院に行かなくて平気なのか？」

「ああ、大丈夫だ」

永見の整えたベッドの端に腰を下ろす。この辺りにはビジネスホテルなんて存在しないらしく、ここは古いラブホテルだ。窓から永見が窺っている路地の先には、大瀬良が女と消えたホテル『ＫＩＮＧ』もある。女と一晩過ごすために入ったわけではなく、大瀬良は定宿にしてしばらく住み着いているらしい。

「まさかおまえが各務さんの後を追ってここへ来てるなんてな」

永見は記者の各務から連絡をもらい、ずっと束井の帰りをマンション前で待っていたのだと言った。すべてが記事として世に出回る前に嗅ぎつけられ、慌てたのだろう。

とんだ擦れ違いだ。

帰ってきた永見に路上の束井が発見されたのは、まったくの偶然だった。

いや、偶然とばかりは言えない。夜が明けようというのに戻って来ない束井に、永見は胸騒ぎがしてならなかったという。

大瀬良の帰りを気にしてさっきから窓の外に視線を送り続ける男は、ずっと険しい表情のままだ。

「東井、警察に行こう。記事にしてもらうのを待ってる場合じゃない。おまえは殺されかけたんだ……いや、あいつは今も殺したつもりでいるんだろう。このまま帰って来ない可能性はある」

朝から大瀬良が車でどこへ向かおうとしていたのかは判らない。用があったのか、単にふらりと気まぐれに出ただけなのか。いずれにしろ、大事になって再び身を隠そうと逃亡しても不思議ではない。

けれど、東井の反応は鈍かった。

ただじっと、窓辺に立つ男を見つめる。

訝る永見は、もどかしげな声で尋ねてきた。

「まさか見逃すつもりなのか？」

「いや、そんな気はない」

「だったら今すぐ……」

「あいつを探し出すために、店を売ったのか？」

東井には今、大瀬良の行方《ゆくえ》よりもずっと重要なことがあった。

自分の推測が正しいのか否か。いや、間違ってはいないはずだ。

永見の口から訳をちゃんと聞きたかった。

「嘉博、関係ないなんて言わないでくれよ。判ってるんだ」

永見は窓のほうを向いたまま、なかなかこちらを見ようとしない。朝日を浴びた頬のラインを東井は見つめ続ける。徹夜で大瀬良を追い回したり、駐車場から落下して気絶したりと忙しかった身には、冬とはいえ朝の光は眩しすぎ、包まれた男の顔も幻のように映った。

ここにいるのか。今、自分の目の前にちゃんとおまえは——

待ち侘びる声を永見が響かせたのは、だいぶ間が空いてからだ。

こちらを見ないまま、ようやく応える。

「思ったより資金が必要になった。あいつが医者の親戚と共謀して、身寄りのない同年代の遺体を手に入れて掏《す》り替えをやったことや、整形して顔も誤魔化していることまでは簡単に目星がついたが、肝心の大瀬良元の居所が判らなくてさ」

「……それで、都内中の探偵会社に依頼したのか？」

「断られたところもあったけどな。それに、あいつが余所《よそ》に逃亡してたらアウトだった」

「なに考えてんだ、おまえ。普通、そんなことやらないだろう！」

「ほかにどんな方法がある？　可能性がゼロじゃないと思ったから、俺は賭けたんだ。賭けにも勝った。あいつがこのまま逃げたって、絶対に追い詰める」

糾弾《きゅうだん》でもされたかのように、永見は反論する。

それが我が身のためなら判る。けれど、違う。目の前の男がすべてを賭けたのは、己のためなんかではない。

「なんでそこまでして、俺なんかのために……嘉博、店はおまえの夢だったんじゃないのか？」

問う声が震えそうになる。

子供の頃に聞いた永見の夢は、そのいくらかが自分にとっても夢に成り代わっていたのかもしれない。永見が店を失うことはそれほどに重かった。

「言っただろう？　勝手にするって。俺は自分がやりたいことを、やりたいようにやらせてもらっただけだ。おまえにいくら放っておいてくれって言われてもな、俺が駄目なんだよ。嫌なんだ、おまえが悪く思われたままなんてのは！」

「嘉博……」

「俺は、俺が大切だと思う人間の名誉を守りたかった。それだけだ」

言い切る声には一片の曇りもない。

昔からそういう男だった。マイペースで、自分が守りたいと決めたものは、たとえ周囲がどんな白い目をしようとも守り通す。

永見の本質は変わっていない。子供の頃から、少しも。

そう感じた瞬間、胸の奥が熱くなった。

面映《おもは》ゆい想いを抱えて見つめる顔は、外見はもう大人の男の顔だ。

朝日を背に立つ男は、白い光に包まれていた。ボイルカーテン越しの柔らかな光に、ふいと視線を逸らした横顔のシルエットが際立つ。高い鼻梁も、引き結んだ唇も、顎《あご》から首にかけてのシャープな輪郭も。

もう一度会いたいと切に願った男の顔。

近づいて、もっとよく見たいと思った。

束井は立ち上がり、ふらりと窓辺に向かう。なにも言わないまま伸ばした手で無言のその頬に触れると、永見は訳が分からないといった顔で不思議そうにこちらを見た。

「……なんだ？」

手のひらを頬に添わせる。もう一方の頬も。

永見は少し眠たげな目をしていた。徹夜でこんなことになったのだから当然で、黒髪もいつもより乱れてぼさりと額を覆っている。

けれど、男前には違いない。

眺めるだけのつもりだった。実際にそうしてみたら足りない気がして、もう一歩体を寄せた。

「束井、おい……」

距離は失われ、唇が触れ合う。

静かなキスだ。

乾いた男の唇にシャワーで湿った唇をふわりと重ね、目を伏せた束井は自覚した欲望を言葉にした。

「セックスしたい」

「……は?」

「今ここで、すぐ。駄目か?」

唐突に求められた男の動揺は手に取るように判った。シャツ一枚隔てたところにあるその身に触れると、背後に逃げ場などないのに判りやすく腰が引ける。

「ちょ、ちょっと待て……」

「俺とやるのはもう嫌か? 前は酒が入ってなくてもおまえはできたんだから、もう一度くらいできるだろ。おまえ、二回も俺に中出ししたじゃないか」

身も蓋もない言い草で誘う束井に、幼馴染みの動揺はどうやら大きい。

「なんの真似だよ。どういうつもりでこんな……艶、やっぱり打ち所が悪かったんじゃ……」

「おまえが好きだからだ」

言葉は自然に口をついて出た。

「ずっと好きだった」

あれほど言えないと思っていた気持ちがするりと零れ、束井の眸は愛しいものを見つめる

眼差しになる。

「……からかってんのか？」

「からかうほど余裕がない」

「おまえ、男は好きにならないって言っただろうが」

「いつの話だ。時代は変わって行ってんだぞ。だいたい、元を返せばおまえが悪いんだ。おまえが木曜日に告白したりしなければ、ややこしいことにはならなかったかもしれないのに」

「……どういう意味だ？」

戸惑っている男にあの日早く帰りたかった理由を話すと、ますます困惑を極めた顔を永見は見せる。

「冗談だろ。テレビのために俺の告白をないがしろにしたのか？」

「しょうがないだろ、ガキだったんだから。色恋沙汰よりヒーローが大事に決まってる」

そのはずだった。

けれど、家に帰ってみたらテレビのことなんかどうでもよくなっていて、親友の声ばかりが頭をぐるぐる回って大変だった。

「おまえだって、さっさと俺に見切りをつけてたじゃないか。なんだよ、バスケ部の先輩って。高校入ったらモテ期到来って感じで、次々に男替えやがって」

「そうしないといけないと思ってただけだ。俺は、おまえを諦めなきゃならないって……でなきゃ、ずっと友達として隣にいられないだろうが」

「どうだか。人がいない間にアパートに男連れ込んでイチャついてやがったくせに。同棲でもしてたんじゃないのか、あのクルクル頭と」

一世一代の誘惑と告白のはずが、どういうわけだか擦れ違った責任の押しつけ合いになっている。

言い合ううちに、余計なことまでポロリと漏らしてしまった。

墓場まで持って行くつもりだった記憶だ。

「くるくるって……」

滑らせた自分の口の悪さを後悔しても遅い。呆気《あっけ》に取られる永見の声に、束井は責め寄っていた顔を俯かせる。

「やっぱり、あの夜来たのはおまえだったんだな？　あれはただの大学の後輩だ。家賃滞納で追い出されてて、しばらく泊めてやってただけだ。艶……おまえ、それで帰ってしまったのか？」

「……悪いか」

自分ばかりが分の悪い告白だった。

「会いたかったんだ。あの夜はどうしてもおまえに……なのにあんな……知らない奴におまえ取られてて、ショックだった」

あの晩会えていたら、なにかが違っていたかもしれない。

小学校五年生のときには始まらなかったものが、始まっていたのかもしれない。

けれど、あの夜もまた擦れ違ってしまった。でも今再びこうして巡り合い、やり直すチャンスがやってきた。

何度でも巡るファンタスマゴリアのように。

もう逃したくない。

「艶」

呼ばれて顔を上げる。意地を張るのにはもう疲れた。擦れ違って、永遠に届かない星に手を伸ばし続けるような真似は今日限りだ。

触れ合わせた唇に、今度は永見も応えた。

唇を何度も押しつけ、足りないとばかりに舌を伸ばす。互いの温度を移し合うように絡ませる子供には到底できなかった深い大人のキス。けれどそれは、どこか拙《つたな》く、儀式みたいに厳かな口づけだった。

重ねた温もりを離した束井は、溢れる想いを言葉に変える。

「嘉博、俺はずっと……こうしたかったんだと思う。おまえが欲しかった」

「……嘘つけ、俺がいてもいなくても生きていけるくせして」

「駄目なんだ、俺は。おまえがいないと」

伏し目がちになると苦笑いが零れた。

「おまえと十年、二十年会えなくても、俺はきっと生きていける。でも、いないと駄目なんだよ」

「……言ってることが矛盾してるぞ」

永見の当惑した声に、束井は応える。

「嘉博、おまえが俺を支えてくれないと俺は立ってられない。怖いんだ、きっと本当は。おまえが自分のどこかにいるから、会えなくても平気でいられた」

いつも帰る道標《みちしるべ》となる、夜空に光る星のように。

自分の中で永見との記憶も、その存在も、ずっと輝き続けている。褪《あ》せることはない。

「……すごい殺し文句だな」

「事実を言ってるだけだ。おまえのいない十年はあっという間だった」

拗《す》ねたように言う。

むっと唇を尖らせれば、再び柔らかな唇で押し潰された。

「艶……おまえにもう一度、言っておくことがある」

「……なに？」

「俺も、おまえが好きだ」

ようやく欲しかった言葉が返ってきた。

繰り返す口づけに互いの唇はもう濡れていて、しっとりと引き合うほどに吸いつく。さっきまでとは違う熱っぽさ。互いの舌を艶めかしく感じ合い、招かれるまま男の口腔へと忍ばせる。

やんわり啜られて腰が震えた。自分とは違う他人の温度。舌先で舌の裏側や根元まで擽《くすぐ》られ、煽られる性感に体が熱く昂ぶってくるのが判った。

「ん……んんっ……」

両手で抱かれた腰を押しつける。

じわりと上下に身を動かせば、それだけでローブの下で擦れたものが緩く頭を擡《もた》げた。

タオル地のバスローブは抵抗が大きい。まるで乾いた手で扱かれているみたいに、布を膨らませた敏感な先端が刺激を覚える。キスをしながら束井は慎みなくも揺れ始めた腰を押さえきれず、重ねた腰を上下にゆるゆると振った。

「あっ、は…ぁっ……んっ」

息を紡ぐ度に吐息が零れ、湧き上がる官能に腰が震える。

中心がしっかりと形を変えているのは伝わっているはずだ。永見も感じているようだけれど、ローブとスラックス越しでよく判らない。自分の快感を追うだけで今は手いっぱいになっていた。

欲しくて、気が急《せ》く。

「……あ…ふっ」

腰をぐっと押しつけてきた男が、微かに笑いを滲ませた声で言った。

「……艶、最初にしたときも思ったけど、おまえってエロいな」

「ふ、普通……だろ。男がエロいこと好きで、なにが悪い」

「おまえのその顔で言われると、ぞくっとする。いかがわしいことには興味なし、むしろ軽蔑……って顔してんのにな」

イメージの押しつけもいいところだ。そういえば前も不感症みたいな顔だとか言っていた。好きでお上品な白けた顔をしているわけではない。

「……悪かったな。見た目と……違ってて」

「いや、いい。余計に興奮するって言ってるんだ」

普通逆じゃないだろうか。色気が足りなくて萎えるとでも言い出すのかと思えば、さっきまで気乗りがしない態度を見せていた男は、熱っぽい囁きを響かせ、卑猥《ひわい》な手つきで束井の身に触れてきた。

「……見せてみろ」

「あっ……」

バスローブの紐《ひも》を解き、膨らみの源を露わにする。

性器は上を向き、先端を濡らしていた。ゆったりと亀頭を揉み込まれ、ビクビクと腰の引ける様を、男は情欲に満ちた眼差しで遠慮なく捉える。

「ぁっ……あっ……」

控えめな声を上げながらも、永見に『ベットに移るか』と問われたら、勢いよく頷いてしまっていた。

ベッドはすぐ後ろだ。気持ちが落ち着く暇もない。

熱の上がった体は熟れたように永見を欲した。ローブは一息に引き剝がされ、シーツに横たわる体に纏うものはない。見下ろされただけで肌の色さえ変わった気がして、ますます熱が上がる。

さり気なく目元を片腕で覆おうとすると、永見が不服そうな声を発した。

「隠すなよ」

ベッドを軋ませて覆い被さってきた男を、ちらと仰ぐ。

「艶、綺麗だな……」

「……嬉しくない褒め言葉だ」

「そう睨むなって。嫌でも今日ぐらい言わせろ。ずっとおまえに惚《ほ》れてたんだから」

「ずっと？」

「ああ、一目惚れだった」

「え……？」

小学五年生ではないのか。束井は思いがけない言葉に、微かな声を上げて首を捻った。

永見は照れ臭そうに笑って、語り始める。

「おまえが最初に店に入ってきたときのこと、今でもはっきり覚えてんだ。天使みたいな子が来たって舞い上がったよ。ＣＭのことなんて一つも知らなかったのにな」

「……嘘つけ、おまえ……しらっとしてたじゃないか。クジは三回までとか言い出すし」

そう応えたものの、記憶を手繰り寄せればあのとき永見はやけに自分を見ていた覚えがある。

てっきり、素性がバレたのだと焦ったけれど——

「クジ三回は俺の優しさだろ。そのおかげでおまえが店に毎日来るようになって役得だったけどな……おまえのこと、もっと知りたいと思った。みんなが知ってるっていう、テレビのおまえのことも。古本屋でさ、雑誌見つけたんだよな……背中に羽つけたおまえが載ってた。ふわふわしてて、可愛かったな」

思い出話を勝手に解禁したらしい男に目を細められ、愛《め》でる対象となった束井はたまったものではなかった。そんな話、裸を晒すよりも恥ずかしい。

「……うるさい。もういい判った」

「なんだよ、もっと言わせろよ。おまえが嫌がると思って、あんときから我慢してたんだ」

「何年前だと思って……」

「そうだな。あの頃ぽやんとしてたあどけない天使が、こんなエロい奴に成長するとは思いも寄らなかった」

「おまえ、オヤジ臭い…っ……」

二の腕を不意に男の手のひらが撫で摩る。

「ここ、痣《あざ》になってる」

言われてみれば、右肩近くに大きな青痣ができていた。

「一人であいつと対峙《たいじ》なんて……頼むから、無茶はしないでくれ」

永見は痣に唇をそろりと当てた。触れた唇は、肌を辿ってほかの場所へと移る。腕から肩へ、肩から胸元へ。そして、色づいたものを口に含んだ。

薄いながらも鍛えて綺麗に張った胸筋に、左右の淡いピンク色をしたアクセントはアンバランスで艶めかしい。永見はちゅくちゅくと卑猥に吸い上げては舐め回し、膨れて芯の通ったところを舌先で弄ぶ。

「……ふ…ぁっ……あ……」

慣れない類《たぐい》の快感に、耳に馴染まない声が出た。セックスは数えきれないほどしてきたけれど、組み伏せられるのはまだ二度目だ。

右が終わったら、今度は左へ。尖った乳首は指先で掻き撫でられただけでももう声が零れた。代わる代わるに嬲《なぶ》られ、唇や指の腹で揉み込まれて、とうとうシーツの上の腰が浮く。

性器は物欲しげにもう涎《よだれ》を垂らしていた。ただでさえ昂ぶったものは、与えられる愛撫にしとどに濡れ、とろとろと溢れた先走りを臍《へそ》のほうまで伝わせている。

「んんっ……あっ……」

「……艶、気持ちいいか？　乳首……いいか？」

耳元にそっと吹き込まれる声に腰が震えた。

「あ…ふっ……あっ、いい……いいっ……」

自ら求めたセックスに翻弄《ほんろう》される。

「……ひ…ぁっ」

きゅっと一際強く粒を摘《つま》んで扱かれ、背筋を仰《の》け反らせる。勃起した性器を手のひらで包まれ、一気に溢れた快感にねだり声を上げて腰を揺すった。

ゆるゆると扱かれれば、もうなにもかもがどうでもよくなる。

駆け上るのは、あっという間だった。促されるまま腿《もも》まで足を拡げ、恥ずかしく晒した狭間を刺激されながら東井は射精した。

「あっ……あっ……」

残滓《ざんし》の溢れるままに、シーツに横たわった身を名残惜《なごり》しげに上下に揺すり、男の手の中にまだ張ったままの性器を押し込む。女の頼りない手とは明らかに違う節張った指に、ぬるぬると擦れるのが気持ちいい。またすぐにもイッてしまいたいと思うほどに気持ちがいい。

「艶……」

吐息交じりの声に呼ばれ、いつの間にか閉ざしていた目蓋を夢見心地に開く。快楽に浮かされた東井の眦《まなじり》は赤らんで、光るほどに目蓋の縁は濡れていた。

「……よし…ひろ」

舌っ足らずに名を呼び返せば、熱烈な口づけが降りてくる。

「んっ、ちょっ…とっ……」

「……嘘だったら怒る」

「え……？」

「こんな……ムチャクチャに俺を煽ってその気にさせて、本気じゃないとか……また逃げたりしたら、怒る……っていうか、俺だっていいかげん恨むぞ」

「おまえ……に恨まれたら、結構怖そうだ。執念深いみたいだからな」

茶化したつもりはなかったけれど、睨み据えられて、ぞくんとなった。怖いと思うよりも熱が上がる。強く見据える黒い双眸《そうぼう》は艶やかに光り、燻《くすぶ》る欲望を伝えてきた。

「なぁ、おまえも……」

身に着けたままの永見のセーターに手をかけ、たくし上げようと引っ張る。自分ばかりが乱れているのは恥ずかしいという気持ちもあったけれど、それ以上に永見にも感じてほしかった。

両手をかけ、男は服を脱ぐ。引き締まった体躯が現われ、胸がざわついた。素直な膨らみを見せているウールのスラックスの中心に触れると、やけに興奮する自分を束井は感じた。ゲイじゃないなんて、バーでも傍観者を気取っていたのが嘘のようだ。

「……艶？」

不思議そうに名を呼ばれて、顔を俯かせた。片肘ついて身を起こした束井は、なんでもないかのように振る舞い、無造作に男のそれを布越しに握り込んだ。

「いいから、早くしろよ。こんなになって……んだろう？」

「あっ……いてっ、おまえ、人のモンかと思って…っ……」

せめてもの照れ隠しだった。

ベッドで縺れ合うには適さない時刻。無粋な太陽はまだ陰ることなく部屋を隅々まで白く染め上げていたけれど、互いに裸になって触れ合ってしまえばどうでもよくなる。

ラブホテルであるのも後押しした。カップルが交わるためのものも、ここには用意されている。永見が部屋の入り口のほうから、潤滑剤だというボトルを持ってきた。コンドームから怪しいグッズまで取り揃えた自販機が部屋に備わっているのだという。

「まさか必要になるとは思ってなかったけど」

永見は悪戯っぽくそう言い、束井はその胸元を小突いた。

なにがなんだか判らないうちに、そういう流れに乗っかってしまったあの夜とは違い、繋がるためと判っていての準備は恥ずかしい。狭間を濡らされるだけで、頭のほうまで溶かされたみたいにカッとなる。

ベッドで向かい合って座った束井は、男の肩に額を押し当てた。ぬるぬるとローションを纏った指が、自分の中へと穿たれるのは、そこが女にでも作り変えられているみたいで恥ずかしい。湿った弾ける音は、聞いたこともない淫靡な響きで、自分の身であるとは思えない。そのくせ感じるポイントを刺激されると、長い指を味わおうとでもいうように締めつける。

「あっ……んぅ…っ……よし、ひろ…っ」

気づけば再び自分ばかりが与えられている。

束井は二の腕に縋っていた手を、腹のほうへと這わせた。

「……艶？」

雄々しく勃ち上がったものに触れる。

同じ男のモノに積極的に触れようとする日が来るとは思っていなかった。しかも、同じようでいて少し違う。永見のそれは自身の屹立よりも一回りほど大きく逞《たくま》しく、なによりも体温が高く感じられた。

熱い。根元から先端へ向けて擦り上げるだけで、男の熱は高まる。

手の中で脈打つその感覚に頬が火照った。

「……えんっ……ちょっと待て…っ……」

抗議するように永見が言うも、聞かなかった。

「……おまえ、そんなこと……したらっ……」

したらどうだというのだろう。

永見が乱れるのであれば嬉しい。いつも飄々としたところのあるこの男でも、激高したり、こうして肉欲に突き動かされたり、我を激しく忘れる瞬間があるのだと知らされる。

それが自分のためであるのが、余計に嬉しい。

じっとりと潤みを帯びた切っ先を、ぬるぬると指でなぞった。太く嵩《かさ》の張った先端を包むと、それだけで束井の熱も上がる。身の奥が綻び、じんわりと溶けてくるような感覚。尻に穿たれた指を無意識に締めつけてしまい、零す息も、熱く見下ろす眸も潤んだ。

「あっ……や……」

甘えた掠れ声を振り撒く。愛おしげに手の中のものを何度も摩ってしまい、こんなふうにしたらバレてしまうと思った。

自分がどれほど永見が好きであるかということ。

そのことにもう、自分自身が深く気づいてしまったということにも。

「……艶」

永見が指を抜き取り、束井は『あっ』と小さく抗議した。

「悪いが……もう、する」

「え……？」

「おまえがいけない。あんまり煽るから……俺はせっかくっ、我慢してる…ってのに」

ぐっと身を引きつけられた。向き合った男の腰を跨《また》ぐ格好に座らされ、永見の望む行為が判った。

求められるまま腰を落とす。自ら進んで昂ぶりを狭間に頬張ろうとしたものの、手に余るほどに育ったものを、すんなり受け入れられるほどの経験はない。

「ひ…ぁっ……」

先っぽを飲むだけでも、東井には衝撃だった。口を開けたところがじりじりと疼く。身をくねらせて一旦解こうとすると、左右から腰を摑んだ大きな手が、じわっと引き下ろそうとする。

「……し、ひろっ……無理、まだ……ぁっ、だめ……ダメだって……」

腰の使い方でも教えるみたいに小刻みに揺すられ、短い悲鳴じみた声が続いた。

押し込まれるときよりも、抜かれる感覚が駄目だ。ぎゅっと摑んだ肩に爪を立てる。それでも永見が諦めないとなると拳で叩いて拒もうとしたものの、走り出した欲求は止まらない。

厄介にも、その理性のブレーキの利かなさは同じ男なだけに理解できる。

どうにもならない責め苦に、東井の理性のほうがもたなくなった。

しゃくり上げる声が響く。

「……やだ…っ、いや……だって……」

「大丈夫だ。すぐ慣れてよくなるから……やってみろ。こうやって、カリ首んとこまで抜いてから、また飲んで……」

あけすけな物言いに胸を叩く。

「へん…っ、たい野郎」

「男が変態でなにが悪い」

「……おまえなんか、どうせいつも……男とこんなっ、ことばっかりして……きたんだろっ？」

だから慣れているのだと責めるつもりが、ただの嫉妬めいた雑言になった。

睨み据える眸も、こんな状況下では効力に乏しい。

「……案外、可愛いんだな」

改めさせるどころか、助長させてしまった。

啜り泣く東井の上気した顔を見つめ、永見は心底幸せそうに笑む。

「俺は今、神様に礼でも言いたい気分だ。捻くれたおまえに、可愛いところを残しておいてくれてありがとう……ってな」

「……バカ」

「馬鹿でもいい、おまえが手に入るなら」

「あっ……んうっ、待っ……」

「もう……待たない」

「や……っ、いや……まだ、あっ……あぁっ！」

ぐっと落とされた腰に、ずるりと根元まで熱の塊を飲まされた。

行為はそれで終わりではなく、繰り返し腰を上下に揺さぶられる。

「あっ……あっ……」

永見の言うとおり、上手に頬張れるようになるまでそう時間はかからなかった。あの夜と同じだ。身の奥で快感を覚える。

きっと、永見が物慣れているせいだ。器用に感じるポイントを押し上げてくるせい——

「んんっ、あっ……や……」

「……感じるか？」

「あ……いやっ、それ……」

自ら腰を揺するようになると、男の手は東井の体を探り始めた。両脇を支える手に、悪戯に指の腹で乳首を転がされ、腰が胴まで震える。

性器は経験したこともないほどきつく反り返り、抽挿の動きに揺れながら、先走りを滴らせた。

切なくて堪らない。触れられたくて疼く。

「あっ、なぁ……嘉博……」

「……なに？」

「なぁ、して……それ、もうっ……」

「なにを？」

本当に判らないのか、惚けてでもいるのか。間違いなく後者だっただろうと判ったのは、後になってからだ。

啜り喘ぐ東井は、ただ夢中になって永見にしがみついた。首筋に手を回し、愛しい男の顔を引き寄せ、その耳に欲望を吹き込む。

「……手でして…っ、ほしい。もう、出したい」

こんなに素直になにかをねだったのは初めてかもしれない。そう思うほどに精いっぱいの懇願で、自らの囁きにさえ熱くなる。下腹を打つほどに育ったものに、幼馴染みの男は長い指をからませ、焦《じ》らすことなく欲しがる愛撫をくれた。

少し触られただけでも、飲み込んだものをきゅうきゅうと締めつけてしまう。

「あっ、くそ……艶、そんなに締める…なっ……」

抗議されても、どうしようもない。体が走り出していた。

「だめ、もうっ……ダメだ、い…くっ……イク…っ」

無我夢中で縋りつき、腰を上下させる。気持ちいい。きゅんと窄《すぼ》めてしまった場所で、永見を感じた。自らの快感を追って駆け上ると同時に、その身で愛しい男も追い上げているのが判って、初めて知る幸福感に満たされる。

「……ひろっ、嘉博っ……あぁっ」

絶頂感は突然だった。

けれど、迸《ほとばし》る感覚はほぼ一緒だったと思う。啼き声を上げて達しながら唇を重ね合わせ、東井は熱い唇が漏らす声を聞いた。

「艶…っ、艶……愛してる」

体だけでない、べつのどこかがひどく満たされるのを感じた。

充溢《じゅういつ》した時間に、ふっと意識が途切れる。余韻を覚える間もなく、東井は夢見るかのような顔をして永見に手放した体を預けた。

どこよりも身を任せるのに、適した場所だ。

不安はなにもなかった。

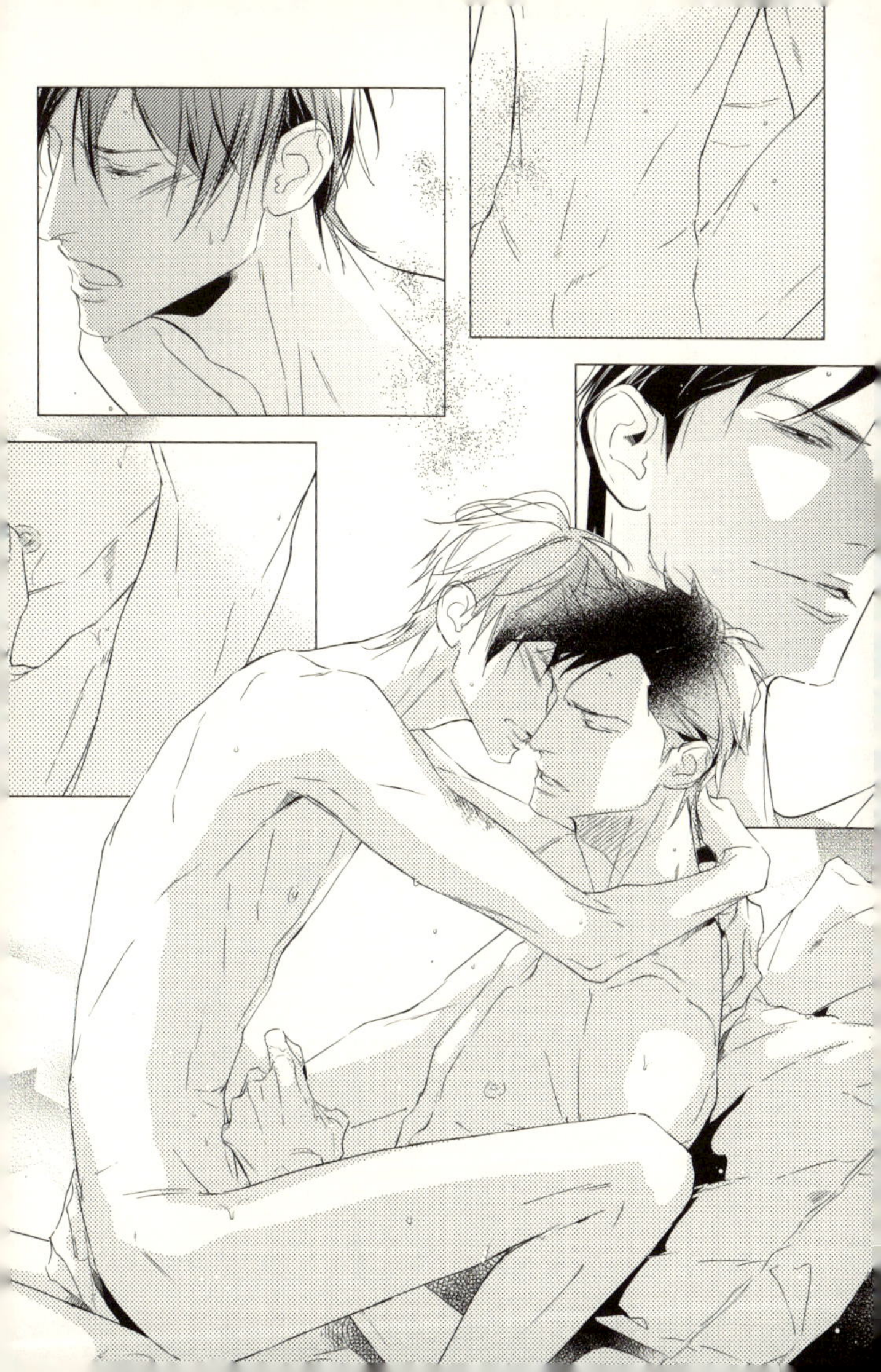

◇　そして、始まりの星　◇

薄青い空が東京の上空を覆っている。

白く薄く筋状に伸びた雲に空の端は霞んで見えたが、それさえもまるで街がベールで包まれているかのような優しい光景に映る。

事務所の窓辺に立つ束井はガラスに軽く肩を預け、午後の街並みを見るともなしに眺めていた。そっと絵葉書にでも触れるみたいに、見慣れたビルの一群の上でガラス越しの指を動かすと緩く笑む。

ここもいい街だなと今は素直に思う。

自分にはずっと不釣り合いな場所だと感じていたけれど、こうして眺められる時間も限られているかもしれないと思うと急に別れがたくなる。

「電話、誰からだ?」

束井は思い切るように振り返り、尋ねた。

今事務所にいるのはデスクの妻田だけだ。ずっと何事か電話で話をしていた男は、珍しくその対応にまごついた様子だった。

「シティクレジットの社長からです。若社長に来てほしいそうですが断りました。なんでも、事務員の女の子が若社長に会いたがっているとか、サインが欲しいとか……断ってよかったですよね？」

「……懸命だな」

同業の街金の社長だ。互いにブラック客を相手にする金貸しであるから、情報交換はよくしていたが、のこのこと顔を出さないほうがよさそうである。

月は三月に変わり街は春を迎えたものの、まだ身辺は落ち着いたとは言い難い。

大瀬良はあのまま逃亡したが、警察の手によって捕まった。前代未聞の事件だ。マスコミは連日これ以上にない騒ぎっぷりをみせた。自殺の自作自演だけでもニュースに違いないところ、それに伴う死体損壊、保険金詐取、殺人未遂と逮捕容疑は山と連なり、今大瀬良は往生際悪く弁護士に心神喪失を訴えているらしい。

しかしそれも、容易には認められないだろう。誰がどこで見つけてきたのか知らないが、ネット上には二十年前の会見映像までもが動画としてアップロードされていた。

東井の落下事故だ。会見で不自然に上下する大瀬良少年の肩に、今更ながら演技だと指摘する声が上がっている。

当分は騒ぎは収まりそうもない。

「人の噂も七十五日です」

一時は取材拒否を貫《つらぬ》くための電話番と化していた妻田は、慰めのように言った。

「また少し延びたようだけどな」

束井は、どんなときも寡黙《かもく》ながら頼もしい仕事ぶりの社員を見た。

広い社長デスクの脇を回り、妻田の手前に歩み寄る。

「妻田、実はおまえに頼みがある」

「なんでしょうか？」

改まって声をかけた自分を訝しげに見返した顔を前に、束井はおもむろに床にスーツの膝を落とした。

両手両足を灰色のカーペットにつけ、その身を伏せる。

「妻田、頼む、事務所を畳ませてくれ！」

普段触れたこともない床に額を擂り寄せ、土下座で懇願を始めた束井に、男が驚いて椅子から跳ね上がる音が聞こえた。蹴り飛ばされたキャスターの椅子が後方へと倒れそうに転がる。

「わ、若社長……なんですか急に。ちょっと、やめてください、頭を上げてくださいっ！」

「俺にはこの会社を守る責任がある。なのにすまない。どうしても、この仕事を辞めたいんだ。もちろん、ただでとは言わない。おまえには相応の退職金を用意させてもらう」

けして口にしてはならないことだと判っていた。

この仕事に骨を埋める覚悟でいたのも本当だ。

「若社長……」

抱え起こそうと腕を摑んだ妻田に、束井は縮めた身を硬くする。その左手の小指の先はない。自分が失わせた。

今になって甘っちょろいことを言う自分を許してくれと、顔を床に擦りつける。

「……どうか聞き入れてくれ。すまない！　すまない、妻田」

「退職金じゃなくて……慰謝料なんでしょう？　あなたの中では」

かけられた穏やかな声に返す言葉がない。

「やっぱりそうだったんですね。自分のために、若社長は会社を続けていたんですか」

スーツの腕を摑んだ手がするりと離れる。

「若社長、いつかあなたがそう言うのを待っていた気がします」

「え……」

「自分からもお願いがあります。会社を辞めさせてください」

虚をつかれ、束井は伏せていた顔を上げた。

突然なにを言い出したのか。話を合わせようとしてくれているのだと、てっきり思ったけれど、屈んだ身を起こして机に戻った妻田は手にした一冊の本を眼前に差し出した。

「……『本当に役立つ介護術』？」

思わずタイトルの青文字を読み上げる。

「去年、介護福祉士の資格を取りました。今は実技実習をさせてくれる病院も見つかったところです」

「おまえ……介護士になりたいのか？」

「はい、ずっと自分に向いた仕事はほかにないかと考えていました」

暇を見つけては読んでいた本の数々。淡々と語る口調に本気を感じた。しかし、妻田の転職を考えれば、綺麗事ではない現実の壁が束井には想像できる。

「けど……その指でできそうなのか？」

いかに妻田が望み、質実な男に向いた職だったとしても、他人はそれだけで受け入れてくれるものではない。妻田は元々、ヤクザの事務所の用心棒もやっていた男だ。身に染みついた外れ者の匂いはこれからも付き纏う。

特に自分がその指に印をつけたとあっては——

「介護と言ってもいろいろですからね。訪問ヘルパーなら人目も限られるし、男手は行く先によっては重宝されるようです。体力だけは自信がありますから。人手が足りてないうちにデビューしとけって、朱美《あけみ》ちゃんが」

「……あけみちゃん？」

うっかり口を滑らせたらしい男は、問い返しにそのフランケンとも呼ばれた下駄顔をみるみるうちに赤くした。

束井は思わず微笑んだ。

「おまえの女はしっかり者のようだな」

「と、とにかくそういうわけですからもう立ってください。謝るなら辞めるつもりだった自分より、紅男たちのほうが……」

引き起こされるまま立ち上がれば、ちょうどタイミングを合わせたかのように紅男が騒々しく事務所に入ってきたところだった。

「週刊誌も大概しつこいっすね。これ見てくださいよ～、まだ載ってましたよ」

コンビニでランチパックだか食後のデザートだかを買ってきたらしい男は、白いレジ袋と一緒に薄い雑誌を掲げ見せる。

もう見たくもないが、目の前にちらつかされれば気になってしまうのが人情だ。

机に広げた記事を三人で覗き込んだ。

どういうつもりか加害者であるはずの大瀬良よりも、束井の隠し撮り写真のほうが大きい。雑踏を外れた場所で一人、俯き加減に煙草に火を点《とも》す横顔が遠目に写し出されている。

束井は呻き声を上げた。

「……まずいな」

「なにがです？」

「これは喫煙所が見つからなくて、こっそり駅のエスカレーターの陰んとこで煙草吸ってたときのだ。バレたら、また叩かれるぞ。世間は喫煙者に厳しいからな」

項垂《うなだ》れて両手を机についた束井に、隣の紅男は根拠のない励ましを寄越した。

「大丈夫、社長なら許されますって。『ただしイケメンに限る』ってやつですよ」

「なんだそれ？」

「知らないんすか？　世間はイケメンには優しくてカンヨウなんです。だいたいなんすか、この写真。やけにカッコよくないですか。絶対、女の読者に媚《こ》びてるでしょ。いや、書いた奴が女なのかも……」

いつも『社長』の持ち上げに余念のない紅男もさすがに呆れ声だ。

束井は鞭打つかのように言った。

「ああ、そうだ紅男、おまえにも話がある」

「なんすか？」

「実はな、事務所を畳むことにした。悪いが新しい仕事を探してくれ」

妻田相手とはえらい違いだ。土下座どころか、来週のスケジュールでもちょっと変えるかのような調子で告げた束井に、一瞬絶句してから紅男は声を裏返らせる。

「……は？　はぁっ⁉」

「おまえは若いから十分なんとかなる。刺青消せるぐらいの退職金はおまえにも用意するから、勘弁してくれ」

紅男はもちろん、ほかの二人にも相応の対応はするつもりだった。特に大矢と田口は先代の頃から残ってくれた二人だ。理解を得られなければ、事務所を畳むわけにはいかない。

「なっ、なに言ってんですか、タトゥは消しませんよ！」

そのせいで就職が困難であるはずの男は懲りていない。まぁそれも若さなのか。

「なんだ、おまえの女は刺青が好きなのか？」

束井は以前、紅男にもデートの予定があるらしい話を妻田がしていたのを思い出して言う。

紅男はきょとんとした顔で、真っ向から否定してきた。

「女って、なんすか？　いませんよ、女なんて！　つか、ソープかキャバに連れて行ってくれるって話はどうなったんですか⁉」

あれは嘘だったのか。

驚いて背後を窺うと、妻田はそそくさとデスクに戻るところで、藪蛇《やぶへび》を突いてしまった束井は紅男に福利厚生をせつかれることになった。

とりあえず、その晩は焼肉で手を打った。

――二〇一三年四月

事務所を閉めることになって、ひと月と少し。

社員全員の理解をなんとか得られ、エンゼルファイナンスは会社を解散することになった。零細企業とはいえ、清算にはそれなりに時間がかかる。就職活動の優先をみんなには勧めていたが、社員はまだ残務のために事務所に通ってくれていた。

「それでは、今日はそろそろ失礼します」

夕方、街が夕焼けに包まれる時刻。その日、最後までいた妻田が腰を上げた。まだ机やソファなどの家具は残っているが、整理された棚はがらんとしつつある。

「ああ、お疲れ……」

送り出そうとしたそのとき、インターフォンが鳴った。

束井には来客の見当がついたが、妻田が先に『自分が』と言っていつものように応対する。普段は見知らぬ相手を束井に確認もせずに迎え入れるような男ではないのに、何故か妻田は迷った素振りもなく言った。

「永見さんをお通ししておきました」

「え……?」

「では、お先に」

あまり表情を変えない男であるから、今一つ考えが読みづらいが、もしかして妻田はなにか感づいているのか。過去を振り返れば、同窓会の葉書のときから、妙にお膳立てをされていたようにも思える。

束井は怪しみつつ、帰って行く妻田を見送る。同窓会の一件がなければ再会できていないはずの男が、入れ替わるようにエレベーターで上がってきた。

「艶、なんだ用って？」

やや息を切らして入ってきた長身の男の姿に、悔しいが少し胸が弾んでしまった。

残務が忙しくて、永見には十日ほど会っていなかった。

社長椅子に座った束井は、机の書類を気にする素振りで何気なさを装う。

「嘉博……時間がないのか？　悪かったな、急に呼びつけて」

「いや、まぁ……今日は八時に面接が入ったんだ。蜂木さんにバーテンの仕事を紹介してもらえることになって」

「まさか二丁目か？」

あからさまに嫌そうな顔をしてしまったのだろう。男はくすりと笑った。

「酒を出すだけだ。浮気はしない」

「そんなこと誰も心配してない」

「そうか？　ならいいけど……」

窓際に歩み寄ってきた男は、机の端に置いたものに目を留める。

明かりを落としたファンタスマゴリアだ。あの晩、蜂木に渡されてからずっとここで預かっていた。

そして、今東井が預かっているものは走馬灯だけではない。

「永見、悪いがそのバーテンの仕事は断ってくれ。今やってるレストランのバイトも、都合のつきそうなところで切り上げてほしい」

「え……どういうことだ？」

「会社を畳むことにした。ていうか、もう解散登記は申請してるんだけどな。代わりに小さな店でもやろうかと思ってる。そっちはバーテンダーの募集条件も厳しくて……おまえに受かってもらわないと困るんだ」

正直に語るのも気恥ずかしい気分で、つい持って回った言い回しになる。

意味が察せないのか、驚愕しきっているのか、机の前に突っ立ったまま言葉を失った男の前に書類を突き出す。

「おまえの店の権利書だ」

「どうやって……だって、おまえ金は？」

「ここを売った。今週中に出なきゃならない」

「売るって、ちょっと待ってくれよ。俺のためにそんな……」

「おまえのためじゃない。自分のためだ。それと、エンゼルファイナンスの従業員の退職金のためだ。マンションでも売らないとまともな額を用意してやれないからな」

父親の最後の遺産のこのマンションを売るのに抵抗はなかった。むしろ、これほどの物件を残してくれた父に感謝した。

趣味の悪さに辟易《へきえき》していた鹿の頭や虎の敷き革さえ、少しは足しになった。

「嘉博、今はおまえがもう一度あの店を開くことが、俺の夢でもあるんだ」

昔、学校の廊下で語り合った夢と変わりないほどに。

あのとき漠然と憧れ、飛び出した海外留学の夢と同じくらい、今の自分にとっては大きな目標になっている。

「艶……」

「判ってくれ。おまえの店を再開したいんだよ」

「それにしたって……またそんな大事なことを事後になって俺に言うのか？　俺はこの会社の従業員じゃないが、ひと言ぐらい相談してくれたっていいだろう？　一応これでも、おまえの恋人のつもりなんだ」

「つもりって……随分小さく出たな」

「大きく出ていいのか？」

デスクに手をつき、ぐいと顔を近づけてきた男に、東井はちょっと照れて身を引かせた。

書類を机に収めながら立ち上がる。

「だからさ、理由を聞いてほしい」

「え?」

「会社を辞める理由も、続けてきた訳もこれからおまえに話すよ。長くなりそうだけど、構わないか?」

ちらとそちらを見ると、永見は真っ直ぐに自分を見ていた。

すべてを理解した顔で、強く頷く。

「ああ、もちろんだ」

「ここじゃなんだから、飲みにでも行くか。行きつけのバーが健在だったらよかったんだけど残念だ」

「嫌味ったらしい奴だな」

「嫌味の一つも言いたくなる。この近所なんて、薄いジントニック飲ませる店しか……」

連れ立って出ようと室内を過ぎる東井は、紅男の場所だったデスクの前でふと立ち止まった。

「どうしたんだこれ?」

永見も不思議そうに見たのは、椅子の上に置かれている青いランドセルだ。元街金の事務所には場違いでしかないものを、東井は手に取る。

紅男はどうも机の下にずっと隠し持っていたらしい。恐らく売るのを躊躇ったわけではなく、質屋に持っていく役目を負わされたものの、面倒で放ってしまったのだろう。

使えない奴だ。

——紅男が使えない奴でよかった。

「……艶？」

「これは担保だ。今から返しに行く。飲みに行く前に付き合ってくれるか？」

「べつにいいけど……」

「背負《しょ》って行ってもいいぞ。おまえワンピースで学校行ってたくらいだから、ランドセルくらいいけるだろ」

「冗談止めてくれ。背負うなら、エンゼルのエンちゃんのほうが似合う」

くだらない冗談を飛ばし合いながら、事務所を出ようとする。春の訪れで夜もすっかり暖かくなり、上着を羽織る必要もなくなった。腕に引っかけるのは、ランドセルだけで十分だ。

玄関で革靴に足を入れ、明かりを落とそうとすると永見が妙案でも思いついたかのように言った。

「そうだ艶、今になって持てはやされてるようだし、おまえ芸能界に返り咲くってのはどうだ？」

「興味ない」

冗談でもきっぱり返した。それについては、軽口も叩く気がしない。

永見は不思議そうな反応だ。

「けど、こないだもっとやりたかったようなことを言ってたじゃないか」

「大根なんだ」

「え？」

「俺は演技がドヘタで、どうしようもなくてＣＭも踊りで誤魔化すことになったんだ。いくつかドラマも出てたけど、子供だからなんとか許されるレベルで……」

あのまま連続ドラマに出演していたら、どれだけ無残な姿を晒したか判らない。失態を朝っぱらから茶の間に流したとあっては、べつの意味でまたトラウマになったことだろう。

隣で妙な息遣いが聞こえた。

永見は肩を揺らし、息を殺しきれずに笑っている。

「笑うな、バカ」

束井はむっとなって小突きながらも、玄関のドアを開けて表に出るときには一緒になって笑んでいた。

みなさま、こんにちは。初めましての方がいらっしゃいましたら、初めまして。

『あとがき、どうしよう……』と悩みながら柿ピーを食べ始めたところ、食べ終えてもなにもまとまっていなかった砂原です。久しぶりの単行本で緊張しています。『どう読んでも緊張感ゼロだろ！』という書き出しですが、本当です。己の名誉のために、柿ピーは大袋ではなく、小袋包装だったといらない情報を追記しておきます。

そんなわけで、ルチルさんから久しぶりの文庫を出していただきました。めでたや！

偶然にも、昨年に引き続き幼馴染みものです。特に意識して書いているわけではないのですが、気づけば結構な冊数になっているような。付き合いが長いと、それだけ二人の思い出がたくさんあるのが、やっぱり幼馴染みものへの萌えなんだと思います。

今回は走馬灯がテーマ（？）なので、いつもより多く思い出話が出てきました。

実は最初に考えたのとはだいぶ違う形に着地してしまったんですけど、楽しんでいただけたかどうか心配です。元々は大人の東井や永見は最後のほうでしか登場しないはずでした。でも書いているうちに、それはあんまりだろうと。一応順を追って出てくるとはいえ、天使だった艶ちゃんがこんな荒んだ大人に着地してしまっては、がっかりする方もいるのではと思い、最初から『これ！　これになっちゃうのでごめんなさい！』と示して置くことにいたしました。

名前もちょっぴり……いえ、かなり変です。キャラの名前は悩み抜いて考えるときと、ぽっと勝手に降りてくるときがあるのですが、束井は後者でした。後者の場合、なんだか最初からがっちりとその名前が自分の中で嵌ってしまい、変えようにも違和感を覚えてしまうのでそのまま使いました。変ですみません。

エンゼルの艶ちゃん、いかがでしたでしょうか？　束井も永見も、ある意味気長ですね。でも擦れ違っても大丈夫でいられたのは、束井が最後のほうで語った気持ちがあったからかなと思います。ひょろひょろのようで、荒縄のように丈夫な繋がりなんです、きっと。

今回、イラストは梨とりこ先生が描いてくださいました。大人な二人が艶っぽい雰囲気で、表紙からきゅんきゅんしています。走馬灯をモチーフにしていただきました。是非、帯なども外して細やかなイラストを私と一緒に萌えていただければ！　梨先生、本当に素敵なイラストの数々をありがとうございました。

この本もたくさんの方にお世話になりました。担当様、関わってくださった皆様、ありがとうございます。読んでくださった方に、楽しんでいただけていればなによりです。

シリアスだったりコメディだったり、いつも落ち着きなく萌えと萌えの狭間を、ときに柿ピーを食べたりしながら彷徨っておりますが、今回も楽しく書かせていただきました。

読んでくださってありがとうございます。どうかまたご縁がありますように！

２０１３年３月

砂原糖子。

✦初出　ファンタスマゴリアの夜……………書き下ろし

砂原糖子先生、梨とりこ先生へのお便り、本作品に関するご意見、ご感想などは
〒151-0051 東京都渋谷区千駄ヶ谷 4-9-7
幻冬舎コミックス　ルチル文庫「ファンタスマゴリアの夜」係まで。

RB 幻冬舎ルチル文庫
ファンタスマゴリアの夜

2013年4月20日　　第1刷発行

✦著者	砂原糖子　すなはら とうこ
✦発行人	伊藤嘉彦
✦発行元	株式会社 幻冬舎コミックス 〒151-0051 東京都渋谷区千駄ヶ谷 4-9-7 電話 03(5411)6432[編集]
✦発売元	株式会社 幻冬舎 〒151-0051 東京都渋谷区千駄ヶ谷 4-9-7 電話 03(5411)6222[営業] 振替 00120-8-767643
✦印刷・製本所	中央精版印刷株式会社

✦検印廃止

ISBN978-4-344-82753-0　C0193　Printed in Japan

「幻冬舎ルチル文庫」
大好評発売中

発行●幻冬舎コミックス　発売●幻冬舎